Carl Ludwig Giesecke

Es gibt doch noch treue Weiber!

Schauspiel in drei Akten, nach einer wahren Geschichte bearbeitet

Carl Ludwig Giesecke

Es gibt doch noch treue Weiber!
Schauspiel in drei Akten, nach einer wahren Geschichte bearbeitet

ISBN/EAN: 9783743469457

Hergestellt in Europa, USA, Kanada, Australien, Japan

Cover: Foto ©Andreas Hilbeck / pixelio.de

Weitere Bücher finden Sie auf **www.hansebooks.com**

Es giebt doch noch treue Weiber!

Schauspiel in drey Akten,

nach einer

wahren Geschichte bearbeitet

von

Karl Ludwig Gieseke,

Mitglied des K. K. priv. Wiednertheaters in Wien.

1790.

Personen.

Karl von Freyberg, Stadtpfleger.
Eisenfeld, sein Sekretär.
Lizentiat Metzler, Freybergs Universitäts Freund.
Weiler, ein Kaufmann.
Emilie, seine Gattin.
Lorchen, ihr Stubenmädchen.
Maier, Kaufmannsdiener, ein Verwandter von Weilern.
Zauser,) 2 Straßenräuber.
Wild,)
Fanger, Gerichtsdiener.
Stucker, Kerkermeister.
Rose, seine Frau.
Klauber, ein Gefreyter.
Philipp, Freybergs Bedienter.
Wache, Gerichtsdiener.

Die Handlung geht in einer berümten Reichsstadt vor.

Erster Aufzug.

(Freybergs Studierzimmer.)

Erster Auftritt.

Freyberg allein, sitzt am Schreibtisch, und faltet einen Brief zusammen.

Geschrieben wär er nun, der wichtige — bedenkliche Brief — und, gethan hiemit der erste gefährliche (mit Nachdruck) gefährliche Schritt! — Und — wie ihn wohl Emilie aufnehmen wird? Neuvermählt sind sie — nun — man weiß ja, wie's in den Flitterwochen geht, — da ist des Umarmens und Drückens, des Herzens und Küssens kein Ende — da schweben die Herzen auf der Zunge — (Pause) Auf der Zunge?

ge? — Wenn das auch hier der Fall wäre, wenn das liebetrunkne Weib im ersten Taumel mit dem Briefchen ihrem Herzeinzigen zuflatterte! — Möglich ists! Wahrscheinlich sogar! — Karl! Karl! Du bist auf dem Punkte einen tollen — entehrenden Streich zu wagen! — (nachdenkend) Aber sie ist so schön, ich seh sie noch im weißen Gewande an meinem Arm im Ballsaale herumrauschen, seh sie mit all ihren Reizen — all ihren Anstande von einer Ecke in die andere wirbeln — wie herrlich sie walzt! O Männer, Männer, wollt ihr Treue Weiber behalten, wollt ihr vor Verführung sie schützen, so hütet sie vor erhitzenden Tänzen und Spiel. Mit dem Körper taummelt Seel und Leidenschaft unaufhaltsam im Kreise herum — durchs Spiel wird oft das redlichste Weib aus Leichtsinn die Sclavin eines Niederträchtigen, der ihre Ehre brandschatzt. (setzt sich, und erblickt den Brief) Ha! ich moralisire wie ein Buch, und hier zeugt meine eigne Hand gegen meinen Mund! Emilie! Nur ein flüchtiger Gedanke an dich erstickt das wenige Gute, das da drinnen noch wie ein Fünkchen in der Asche glimmt. Aber wem vertrau ich mich? — Elsenfeld — der solls übernehmen, er kennt sie schon länger, ist hier geboren — ist meine Kreatur — er soll mir für alles gut stehen. —

(klingelt.)

ein Schauspiel.

Zweyter Auftritt.

Freyberg. Eisenfeld kriechend.

Eisenfeld. Ah, sind Euer Gnaden schon aufgestanden? — Ich vermuthete dieselben wegen dem gestrigen Balle —

Freyberg. Eben der gestrige Ball ists, der mich so früh aus den Federn gejagt hat. — Waren Sie auch dorten?

Eisenfeld. Ja, unterthänigst (mit Kompliment) zu dienen.

Freyberg. Laßen Sie doch ihre ewige Kratzfüße unterwegs.

Eisenfeld. (sich verbeugend) Werde mich nach Dero Befehl richten.

Freyberg. Wie gefiel Ihnen das Frauenzimmer, mit der ich tanzte?

Eisenfeld. Es war das schönste auf dem ganzen Balle. — Ich kenn sie schon lange, bin mit ihr aufgewachsen. — Wir stunden einst auf einen guten Fuß.

Freyberg. Und warum gieng ihre Sache nicht vorwärts? —

Eisenfeld. Ich hatte kein Lust mehr — die Traube war sauer.

Freyberg. Weil sie zu hoch hieng.

Eisenfeld. (betroffen) Es mag so etwas dran seyn, Euer Gnaden. Sie ist veränderlich, wie — ein Frauenzimmer.

Freyberg. (bey Seite) Das wäre gut für mich! — (laut) Ich habe sie immer für einen guten lenksamen Mann gehalten, der sich in die Welt zu schicken weiß, und wüßte Ihnen jetzt eine Gelegenheit, wo sie auf die leichteste Art ihr Glück machen könnten.

Eisenfeld. Auf Gelegenheit passe ich schon lange. Der Leute sind nur so viel, die ihr Glück suchen, und einer lauft immer dem andern den Rang ab. — Ich habe mich bisher lange schon geräuspert, gestreckt, auf die Zähen gestellt, um mich bemerken zu machen, aber — vergebens — kein Mensch wollte mich bemerken, indeßen daß mancher andre durch einen zierlichen Menuet, durch einen neuerfundenen Cotillon der Göttin Fortuna in die Arme tanzte. Wer heut zu Tage blos ehrlich ist, wird blutwenig ausrichten. Meine Verschlagenheit —

Freyberg. Diese nehme ich hiemit im Anspruch. Unser Archivar ist gestern gestorben, sie erhalten seine Stelle und meine fernere Protektion, wenn sie mir meine Sache durchhelfen.

Eisenfeld. (küßt ihm das Kleid) Nun bin ich ganz mit Leib und Seele zu Dero Diensten. Befehlen Euer Gnaden mit mir, wie mit ihrem Sclaven.

Freyberg. Nein — ein engeres Verhältniß soll uns verbinden. Sie sollen mein Freund, mein Vertrauter seyn, wo aber eine Silbe über Ihre Zunge kommt —

Eisenfeld. So laßen Euer Gnaden mir sie ausreißen, und in die Gerichtsstube auf mein Schreibepult

pult hinnageln. —— Euer Gnaden haben von nur an über den ganzen Eisenfeld zu befehlen.

Freyberg. Also zur Sache! das Weib, das gestern mit mir tanzte, hat außerordentlichen Eindruck auf mich gemacht. Ich möchte sie gerne unter 4 Augen sprechen: zu dem Ende hab ich dieß Billet an Sie geschrieben, das Sie ihr auf gute Art beybringen sollen. —— Meinen Sie wohl daß ich durchsetze?

Eisenfeld. Warum nicht? Euer Gnaden haben ja ohnedieß als das Oberhaupt der Stadt das Jus vitae et necis —— Männer und Weiber ——

Freyberg. Ernsthaft, Eisenfeld! Nehmen Sie die Sache nicht zu leicht, das Weib ist tugendhaft——

Eisenfeld. Eine Waare, die immer mehr aus der Mode kommt ——

Fteyberg. Hängt auch ganz an ihrem Mann.

Eisenfeld. Hm! Sind ja kaum 8 Tage verheyrathet. —— Hymens Fackel brennt noch. —— Glauben Sie mir, jede Frau kriegt über kurz oder lang auch den besten Mann satt, besonders, wenn sie einsehen lernt, daß es eben so schöne —— ja noch schönere Mannspersonen giebt. —— Anfangs ist in dulci Jubilo —— Das legt sich nach und nach; man wird der täglichen, immer gleichen Gesichter gewohnt —— nach und nach überdrüßig —— man gähnt in den langen Winterabenden ein Duett zusammen, geht aus lauter Langerweile mit den Gänsen zu Bette —— oder sucht sich in Komödien, Bällen, Spiel, Assambleen zu zerstreuen —— Im Sommer geht

geht und fährt man mit Vettern und Baasen, Herren und Damen, um die Zeit los zukriegen, spazieren, und punctum ists mit ewiger Treue, mit ehlicher weiblicher Beständigkeit. — Wir Männer sind aber auch nicht ein Haar beßer, wir reichen im Gegentheil meistens die erste Hand. —

Freyberg. Wozu soll jetzt das Geplauder? —

Eisenfeld. Um Euer Gnaden die wahre Lage der Sache zu zeigen, worauf sich dann leicht abnehmen läßt, wie wir das Ding angreifen müßen. Nur nicht zu rasch — Nicht wie gewöhnlich Sturm gelaufen — Das geht bey ledigen Frauenzimmer wohl eher an — nicht aber bey solchen, wie diese ist — lieber die Festung unterminirt, oder eingeschloßen — ausgehungert — dann ergiebt sie sich von selbst auf Diskretion. —

Freyberg. Wenn nur das alles nicht zu schneckenmäßig für meine brennende Leidenschaft gienge.

Eisenfeld. Laßen Euer Gnaden mich machen. Langsam kömmt man auch weit, ich wette, mein Weg führt sicher zum Ziele. Denn mein Eifer, meine Liebe —

Freyberg. Zu der erledigten Archivarstelle — Ich verstehe Sie schon, — und halte mein Wort —

Eisenfeld. Ein Dienst ist des andern werth. Ich verhelfe Euer Gnaden zu einem hübschen Rendesvous mit einem noch hübschern Weibchen, und wenn sie keuscher als der Mond, und ihr Mann schmelzender als die liebe goldne Sonne seyn sollte.

(geht ab.)

Dritter Auftritt.

Freyberg allein. Pause, hernach **Metzler**.

Freyberg. Begierig bin ich doch was er ausrichten wird! — Freyberg! Freyberg! — du bist auf dem Punkte einen schlechten Streich zu machen! Vertraust noch oben drein deine Ehre, deinen Namen so aufs gerathewohl einen Menschen an, den du noch nicht einmal recht geprüft hast — Er ist zwar ganz in meiner Hand, aber — ich bin nun auch in der seinigen. — Bin ihm gleichsam von nun an untergeordnet, habe mir die Hände selbst gebunden. — Nein — klüger ists, ich rufe ihn wieder zurücke, und leichter ist mirs schon bey dem Gedanken —

(er geht gegen die Thüre, Metzler kommt.)

Metzler. Ah guten Morgen, lieber Freyberg! Hast du den Ball mit allen seinen Herrlichkeiten schon ausgeschlafen, alle die hohen Aufsätze, die spitzen Absätze, die spannendünne Leibchens, die florene Busendecken, die schelmische schwarze Augenbrillen alle schon vergessen? — Hat dir nichts von modefarbnen Busenschleifen, von niedlichen Schuhspitzen, von Venussen alla Cosa rara geträumt? — Höre Brüderchen, ich war dir gestern recht kreuz wohlauf.

Freyberg. Ich auch!

Metzler. Hab' alle Apellationen, Protestationen, Relaxationen, Präscriptionen, und wie unsre

Ju=

110 Es giebt doch noch treue Weiber,

Juristische Onen alle heißen mögen, weggeschäckert, weggeküßt, weggelacht, weggetanzt. —

Freyberg. (seufzt) Ich auch!

Metzler. Denk mir, so wahr ich Junggeselle bin, die Zeit nicht, wo ich so vergnügt gewesen wäre.

Freyberg. (seufzt) Ich auch!

Metzler. Ich auch! (parodirt ihn) Ich auch! Ich auch! Und macht ein Gesicht dazu! Geh! geh! Ich glaube, du willst mich zum Narren haben! es ist heute kein vernünftiges Wort mit dir zu reden. — Du hast eine kurze Nacht gehabt; leg dich nieder, Brüderchen! schlaf aus! (will gehen.)

Freyberg. Bruder, bleib bey mir! ich kann unmöglich allein seyn!

Metzler. Wunderlicher Mensch! Rede! was fehlt dir? Kann ein Freund deinen Kummer lindern, so — du kennst mich!

Freyberg. Bedaure mich! — Ich liebe! —

Metzler. Ha ha! Sitzt da der Knoten!

Freyberg. Liebe unglücklich, bin verlaßen — bin elend —

Metzler. Ja wohl elend — der Schöpfer gab uns das Weib zur Gefährtin des Lebens — zum Schutzgeist, und sie werden — unsre Plagteufel!

Freyberg. Keine Regel ist ohne Ausnahme —

Metzler. Glaubs selbst, aber ich möchte nicht so lange leben, bis ich eine Ausnahme fände.

Freyberg. Die Sprache des Hagestolzen — kalt wie Eis! —

Metzler. Nein — nicht Kälte — Erfahrung — bittre Erfahrung ists, die mich so reden heißt. —

Glau-

Glaube mir, es giebt selten ein Mädchen, welches verdient, daß man es von ganzer Seele liebt. — Alle — wenige ausgenommen — blutwenige — sind im Grunde betrachtet, nichts mehr, und nichts weniger als kleine Spitzbübinnen, die ihre gröste Freude daran finden, uns das Gehirn zu verrücken, und zu ihren Füßen seufzen und schmachten zu laßen — Sehen Sie dann, daß wir von Verzweiflung hingerißen bald nach einer Pistole, bald nach einem Fluße rennen, so machen sie uns neues Hocus Pocus vor, und versetzen uns bald durch eine erkünstelte Thräne, einen erpreßten Seufzer, oder eine theatralische Ohnmacht von dem äußersten Grad der Narrheit, in den höchsten Grad des Entzückens, kurz jagen uns von Extremen zu Extremen — halten dabey den Fächer vors Gesicht, und lachen den leichtgläubigen Pinsel ins Fäustchen aus.

Freyberg. Ein herrlicher Begriff, den du vom weiblichen Geschlechte hast. —

Metzler. Paradox klingt er, aber wahr! — Alle Mädchen, auch die zärtlichsten, die unschuldigsten sind feine Kofetten: Begierde zu gefallen ist der einzige Antrieb, der ihr Herz gegen die Thränen eines schmachtenden Liebhabers empfindlich macht. Findet er wirklich Erhörung, so ists sicher aus einer von folgenden 3 Ursachen geschehen. — Entweder, weil das Mädchen des bon ton wegen einen erklärten Anbeter haben muß, der ihr bey parties de plaisir den Arm reicht, bey der Toilette erscheint, und Abends sie zu Hause begleitet; oder weil die Börse des Herrn Papas die Putznarrheiten alla trarara alla cosarara nicht aushalten kann, oder — weil sie sich nach einem Manne sehnt.

Freyberg. Ich erstaune ganz dich so sprechen zu hören! denk dir nur den Enthusiasmus zurück, mit dem du auf Universitäten das schöne Geschlecht erhobst.

Metzler. Fuimus Troes! — Damals liebt ich, und glaubte wieder geliebt zu werden. Sie selbst, die angebetete Albertine nahm die Binde von meinen Augen. O Freund! — Meine Wunde ist noch nicht zugeheilt. — Sie blutet durch den Verband, den ich der Welt so sorgfältig verberge. — Wenn ich so ganz einsam oft hinter meinen Akten fleißig scheine, und doch im Grunde keinen zusammenhängenden Gedanken denken kann, dann möcht ich laut schreyen — fluchen über weibliche Unbeständigkeit. Oft spring ich durch einen Traum von der Treulosen erschreckt um Mitternacht vom Lager auf, und Verzweiflung würde mich längst zum strafbaren Selbstmörder gemacht haben, wenn nicht meine arme alte Mutter, mein alter kranker Vater, ohne meine Unterstützung — betteln — in ihrer Vaterstadt betteln müßten. — Die Thränen, die ich einst um die Elende weinte, werden einmal ihr wie höllisch Feuer auf der Seele brennen.

Freyberg. Du rührst mich so, daß ich beynahe meines eignen Kummers vergeße, und —

Metzler. Laß es gut seyn; es ist nun wieder vorüber, und ist mir um ein guttheil leichter, weil ich mich hab ausleeren können. — Nun will ich dir rathen, und wenns möglich ist, helfen. —

Frey=

ein Schauspiel.

Freyberg. Ich bin weit unglücklicher als du. — (Pause) Kennst Du die, mit der ich gestern so viel tanzte? —

Metzler. (erwartend) Ja, und? —

Freyberg. Die hat mir die Wirklichkeit des Ideals, das sich meine Einbildungskraft schuf, bewiesen. — Diese — ach diese hat mich ganz dahingerißen — wer kann sie sehen, und nicht lieben — nicht anbeten; sie muß jedem gefallen.

Metzler. (fest) Ja, so wie mir ein kostbarer Ring, ein schönes Kleid gefallen darf, das einem andern gehört. — Weist Du, wie man den nennt, der sich so etwas durch List oder Gewalt anmaßen will? — Sie ist eines andern angetrautes Weib! Weist du, blos nach dem Naturrechte betrachtet, wie heilig dies Eigenthum ist?

Freyberg. In mir tobts und brennts, und du kommst da mit deinen eiskalten Sophistereyen angestochen. —

Metzler. (faßt ihn bey der Hand) Freund! Bruder! — Du warst immer ein ehrlicher Kerl! — Bist noch obendrein durch Kopf, Fleiß und Beredsamkeit ein geschickter Mann geworden, hast dich aus Armuth und Dürftigkeit, ohne Empfehlung, durch dich selbst auf einen Posten geschwungen, um den Viele dich beneiden — wolltest du dich wohl deinen Neidern so bloß geben. — bloß geben durch eine Handlung, die, wenn sie auch tausendmal Mode und Leidenschaft entschuldigen will, doch nie zu entschuldigen ist. — Ich will nicht über Recht und Unrecht des Wunsches moralisiren,

ſtren, will dir nur die unausbleibliche Gefahr dar=
ſtellen, die über deinem Haupte ſchwebt. Das
Weib iſt neuverheirathet, hat einen ſchönen braven
reichen Mann, iſt wenigſtens jetzt noch — tugend=
haft — wie würde ſie wohl ſo einen Antrag auf=
nehmen?

Freyberg. Lieber Metzler, du ſtellſt mir die Sa=
che von einer Seite vor, die mich zittern macht. —

Metzler. Und geſetzt, du gefieleſt ihr! — Was
ſoll aus ihr werden? — Deine Frau? Iſt nicht
möglich! — Deine — geh, geh — laß mich das
Wort nicht ausſprechen, ſonſt wird alle meine Gal=
le rege. — Und dann den guten Mann, der mit
ganzer Seele an ihr hängt, der ſie wirklich liebet,
könnteſt du Oberhaupt der Stadt — Handhaber der
Gerechtigkeit, ſo unverantwortlich filoutiren? —
Ja, wenns noch ein ungleiches — unzufriedenes —
durch Convenienzen und andere Teufelskünſte zuſam=
mengebrachtes Paar wäre, wollt ich noch das Maul
halten, und mir meinen Theil denken, aber ſo —
ſo — (ſchüttelt ihn) Bruder! Bruder!

Freyberg. Du haſt Recht — lieber Metzler —
rathe — hilf mir — rette mich für mir ſelbſt. —
Ich vergehe für Scham und Schande. —

Metzler. So iſt's recht! Nun weiter! Du haſt
ihr doch von deiner Leidenſchaft noch nichts merken
laßen? —

Freyberg. Das iſts eben, was mich außer mir
ſetzt. — Ich habe Eiſenfelden bereits mit einem Brief=
chen — —

Metzler. Alle Wetter! das ist zu arg! — Ein Briefchen? — Du bist ein Advokat, und läßt dich in einer so küzlichen Sache mit Schreiben ein, — und weist wie vorsichtig man mit so etwas zu Werke gehen muß — Giebst noch obendrein Eisenfelden den Auftrag.

Freyberg. Er ist mein Subaltern!

Metzler. Desto schlimmer, daß du dich ihm so bloß gabst. — Der Kerl hat so ein confiscirtes, contrebandmäßiges Gesicht, und schleicht immer herum, als ob er Barmherzigkeit für seinen Mißethaten auf dem Pflaster suchen wollte. Ueberdies — denkst Du nicht mehr dran, daß Du ihm mehr als einmal vorgesprungen bist: glaubst Du denn, daß ihm das gutes Blut gemacht hat? —

Freyberg. Ich sehe nur jezt keinen Ausweg — bin wie vorn Kopf geschlagen. — Hilf mir aus dieser schrecklichen Lage. —

Metzler. (küßt ihn) So ists recht, Freund! — Jezt will ich hinüber gehen, unter dem Vorwande zu hören, wie sie auf den Ball geschlafen haben.

Freyberg. Laß uns lieber Eisenfelden abwarten! — Dann wollen wir weiter sehen.

Metzler. Wie du willst, lieber Bruder! — Nur Ueberlegung! — Ich bin bey der Sache kälter, und sehe also tiefer. — Faße Muth, es wird schon wieder besser mit dir werden. Ein Mann wie Du, in einem solchen Posten, hat ja das Auslesen in der ganzen Stadt. — Jede wird die Hände nach dir lecken. Dies war noch so ein alter Studentenplan. — Es wird sich alles finden, laß dir keine graue

Haare darüber wachsen. — Gefallen biſt Du noch nicht, und ſtolpern kann man ja ſo leicht — nur nicht fallen — nur nicht fallen! — (küßt ihn) Auf baldiges Wiederſehen, Lieber!

(geht ab.)

Vierter Auftritt.

Freyberg allein.

Guter, redlicher Junge! — Du ſprachſt mir mit dem Tone der Freundſchaft ſo ins Herz, daß ich dir unmöglich widerſtehen konnte. Wem Gott lieb hat, dem geb er ſo einen Freund, und ſo ein Mädchen, wie — — Gott! Nur denken darf ich mir den Namen Weib, Mädchen, ſo iſt alle Ruhe wieder aus meiner Seele verſchwunden! — (geht gegen das Fenſter) Ha! dort ſteht ſie im weißen Nachtkleide im Schlafzimmer, ſie winkt mir guten Morgen zu — — Wo ſind nun auf einmal alle meine Kräfte — mein ſchöner Entſchluß groß zu handeln hin? Schrecklicher Zuſtand! Mein Herz ſucht ſie als ſein einziges Bedürfniß; Vernunft zeigt mir die Unmöglichkeit ſie zu beſitzen. Metzler! Freund! Wenn du mich aus dieſem undurchdringlichen Labyrinthe retten willſt, ſo weiche nie von meiner Seite. Ich bedarf eines Führers, der den ſtrauchelnden leite, ſonſt iſt er ewig — unwiederbringlich verlohren.

(geht ab.)

Fünfter Auftritt.

(Zimmer in Weilers Hause.)

Weiler allein, ist mit Schreiben beschäftigt, hernach Emilie.

Weiler. Wie wohl, wie heiter mir heute zu Muthe ist — wie leicht mir die Arbeit von statten geht! Es ist und bleibt doch immer wahr: Vergnügen — mäßiggenossenes Vergnügen ist die Würze des Lebens. — Wenn Gott mich seegnet, so soll meine Handlung in kurzer Zeit erheblich werden. — Hätts nicht nöthig, das Bißchen, das ich habe, zu vermehren — könnte für mich schon gemächlich davon leben — Blos der Gedanke ihr gute ruhige Tage zu verschaffen, feuert mich zur Vermehrung an! — (Pause, unter der letzten Rede ist Emilie eingetreten, und ihm unvermerkt näher gekommen) Wohl dem, der ein so fromm so tugendsam Weib hat.

Emilie. (fällt ihm um den Hals, und küßt ihn) Wohl mir, daß ich einen so braven arbeitsamen Mann habe. Gerade hab ich dem Himmel dafür gedankt —

Weiler. Das heißt überraschen! — Zwar im Grunde überraschest du mich nie, Du bist immer bey allen meinen Arbeiten um und bey mir; auch wenn ich dich nicht sehe —

Emilie. So eben habe ich noch von dir geträumt. Ich saß au. deinem Schooße, auf einmal kam ein fremder Herr, winkte dir, du standst auf, ich fiel, und wurde drüber munter.

Weiler. Liebes Weibchen, das war wohl ein wachender Traum! Maier kam, und weckte mich, du wurdest etwas munter drüber, und schliefst wieder ein —

Emilie. Du kannst Recht haben. Nun seh ichs ja, daß du noch da bist. — Du hast deine Geschäfte — kannst also unmöglich so lange dich auf der faulen Haut dehnen, wie ich — In Zukunft will ich auch mit der Sonne aufstehen —

Weiler. Zuweilen an einem schönen Morgen will ichs gelten laßen. — Da schlendern wir dann Hand in Hand hinaus in unser Romantisches Wäldchen, wo ich dir zuerst begegnete.

Emilie. Und ein feuriger brennender Kuß soll dir allezeit aufs neue die Liebe zuschwören, die ich unter der großen schattichten Eiche zum erstenmal durch eine Umarmung besiegelte — Vieleicht daß, uns unsichtbar, der verklärte Geist meiner theuren Eltern, meines unglücklichen Bruders sich unserer Liebe freut, und unsre Ehe seegnet! (wischt sich die Augen) Vergieb mir, lieber Mann, daß ich ihrem frühen Verluste eine Thräne weine, hättest du gesehen, wie die unbarmherzigen Feinde meine Mutter mißhandelten, meinen Bruder bey den Haaren weg schleppten —

Weiler. Tröste dich — liebes Weib, sie haben nun ausgelitten, und sind bey dem, der leidende Unschuld mit ewigen Freuden krönt. —

Fini.

Emilie. (zieht ihrer Mutter Bildniß aus dem Busen) Dies hieng Sie mir auf ihrem Sterbebette um den Hals, küßte, seegnete mich, und verschied. Mein Vater stürzte wie verzweifelt über die Leiche her, wurde vom Schlag gerührt, und sank todt neben sie hin.

Weiler. (troknet ihr die Augen) Faße dich gutes Weib, ich will dir, so wahr Gott lebt, Vater, Mutter, und Bruder seyn.

Emilie. (ihn brünstig umarmend) Du bists, du bists schon — leite mich an deinem Arm durchs Leben, und mein höchster Stolz wird seyn, dir zu gefallen.

Weiler. So sey es, so bleib es bey uns.

(küßt sie, und geht mit ihr gegen die Kabinetsthüre zu.)

Sechster Auftritt.

Vorige, Eisenfeld mit einem Blumenstrauß.

Eisenfeld. (läßt sich bey voriger Rede unter der Thüre sehen, für sich) Schlimme Aspeckten für uns!

Weiler. (bemerkt ihn, kehrt mit Emilien am Arm sich gegen die Thüre) Nur herein, mein Herr!

Eisenfeld. Bitt um Vergebung, möchte nicht gerne stören. Ich war lange vor der Thüre, weil ich aber keinen Menschen sah, oder hörte, so war ich so frey — (kriechend) bitt aber tausendmal um Vergebung, wenn ich ungelegen kommen, oder lästig seyn sollte —

Weiler. Nicht im geringsten. Was sie sahen, ist bey jungen Eheleuten nichts neues.

Eisenfeld. (beyseite) Ich wollte, ich hätte was anders gesehen; das war für mich nicht erbaulich.

Weiler. Wen habe ich die Ehre vor mir zu sehn? —

Emilie. (einfallend) Es ist Herr Eisenfeld, Sekretär bey Herrn von Freyberg, der gestern mit mir tanzte, ein ehmaliger Bekannter von —

Weiler. Also ein Freund meiner Frau —

Emilie. (einfallend, und nachdrücklich) Ein ehmaliger Bekannter von unserm Hause.

Weiler. Worinn kann ich Ihnen dienen? Nehmen Sie Platz! —

Eisenfeld. Sr Gnaden der Herr Stadtpfleger von Freyberg empfehlen sich beyderseits ergebenst, laßen sich unterthänig erkundigen, wie dieselben geruhet haben, und nehmen sich die Freyheit, hier dies Bouquet zu überschicken.

Emilie. Wir laßen beyderseits dem Herrn Stadtpfleger vielmals für das gütige Geschenk, und die unverdiente Nachfrage danken. — Ich habe bereits demselben vor wenigen Augenblicken durchs Fenster mein Kompliment gemacht — Sie möchten uns die Ehre erweisen und besuchen —

Eisenfeld. (will gehen) Werds gehorsamst ausrichten —

Weiler. Warum denn so eilig? — Nehmen Sie doch einen Augenblick Platz — (scherzhaft) Sie wissen ich habe ein junges Weibchen — (sie umarmend)

das

das gerne schläft, werden wohl so unbarmherzig nicht seyn, und ihr den Schlaf wegtragen wollen. Bitte nochmals, legen sie ab!

(nimmt ihm Hut, und Stock, setzen sich)

Eisenfeld. Zu viel Ehre, in der That! — Weis nicht, wie ichs wieder verschulden kann —

Weiler. Kann ich mit einem Gläschen Hauswein aufwarten?

Eisenfeld. Obligirt! Nehms für empfangen an.

Weiler. Nun was hört man denn guts neues?

Eisenfeld. Nichts als Krieg, und Krieg —

Siebenter Auftritt.

Vorige, Maier.

Maier. Herr Vetter, auf ein Wort!
(spricht heimlich mit ihm, und giebt ihm dann den Brief, den Weiler liest.)

Liebster Sohn!

„Dein armer kranker Vater ist in der elendesten
„Lage von der Welt! — Ich dachte so recht glück-
„lich und ruhig auf dem Gütchen, das mir der red-
„liche Weiler überließ, meine noch wenigen übrigen
„Lebenstage hinzubringen; aber uns soll nun alles
„schief gehen. Vorgestern kam der Amtmann aus
„der Stadt um Steuren und Abgaben einzukaßiren,
„und rechnete mir so eine schreckliche Summe von

„Schulden, und restirenden Steuern vor, die auf
„dem Gütchen, von Emiliens Vater her, noch haf-
„ten sollen, daß mir Hören und Sehen vergieng.
„Er berief sich auf Handschriften, die er in Ver-
„wahrung habe, und schloß mit der Drohung, daß
„er bezahlt seyn müße, oder exequiren würde —
„Aus Alteration bin ich ganz krank und elend ge-
„worden. Wenn du also willst, daß sie mich in ein
„paar Tagen nicht aus dem Hause werfen, denn
„du weist, wie die Leute sind, so rede mit Weilern
„hierüber; vielleicht weiß er noch zu helfen

„Deinem unglücklichen Vater
„Maier.

Weiler. Unbegreiflich! (giebt ihm den Brief)
Emilie Unmöglich! Mein Vater war ein or-
dentlicher Mann! daß er der Herrschaft schuldig war,
weiß ich wohl, aber er hat baare 2000 Thaler ihr
nach dem letzten Kriege erlegt, wie sie die Brand-
schatzung nicht zusammen treiben konnte — Die
Handschrift muß in seiner Brieftasche seyn, sie liegt
oben im schwarzen Schränckchen.

Weiler. Gieb mir den Schlüßel! (Emilie giebt
ihn) Ich will gleich nachsehen. — Sie werden
verzeihen, mein Herr. Unglücklichen beyzuspringen,
ist Pflicht — Ihnen auf der Stelle beyzuspringen,
ist mehr als halbe Hülfe.

Eisenfeld. Schön gesprochen! —

Weiler. Nicht sprechen — lieber Herr Sekretär — handeln macht den Mann —

(geht ab.)

Eisenfeld. (beyseite) Wenn nur der da auch seiner Wege gienge, so wollt ich sehen, was ich für meinen Mann thun könnte — (laut) Nun will ich nicht länger beschwerlich fallen.

Emilie. Wollen Sie denn nicht meinen Mann abwarten? —

Eisenfeld. Er könnte zu lange außen bleiben.

Emilie. Gehen Sie doch hinauf Vetter, und sagen Sie ihm, er möchte bald herunter kommen.

(Maler geht ab.)

Achter Auftritt.

Eisenfeld. Emilie.

Eisenfeld. (für sich) Nun nimm deinen Verstand zusammen, sonst geht das Archivariat zum Teufel —

Emilie. (riecht an den Blumen) Für die Blumen bin ich dem Herrn Stadtpfleger recht vielmals verbunden.

Eisenfeld. Es wird ihn außerordentlich freuen, wenn ich ihm sagen werde, daß er durch eine solche Kleinigkeit sich so sehr bey Ihnen in Gunst gesetzt hat.

Emilie. Von der Hand eines Freundes ist mir eine Stecknadel schätzbar — Und ein Mann, wie Ihr Herr ist, empfielt sich von selbst —

Eisenfeld. Er wird vor Entzücken ganz außer sich seyn, wenn ich ihm sagen werde, wie sehr Sie für ihn eingenommen sind — Auch Er sprach heute den ganzen Morgen von Ihnen — Schon bey Tages Anbruch sagte er zu mir: Eisenfeld, so bald thunlich ist, so tragen Sie dieß Bouquet mit diesem Billet zu Madam Weilern hinüber.

Emilie. (gespannt) Mit welchem Billet?

Eisenfeld. O ich Dummkopf! (schlägt sich vor die Stirne) Ich bitte tausendmal um Vergebung, daß ich — Recht gut, daß sie mich dran erinnerten! — das beste hätte ich bey einem Haare vergeßen — (zieht das Billet heraus, und giebts ihr) Hier!

Emilie. (nimmts, und geht nach der Thüre) Erlauben Sie, ich wills sogleich meinem Manne bringen.

Eisenfeld. (für sich) Alle Teufel, was fang ich an? (laut) Madame, ich bitte — wollten Madame nicht die Gütigkeit haben, und es hier vorher alleine durchlesen, denn ich habe keine Zeit mich länger aufzuhalten, ich muß weiter — —

Emilie. Ich führe keine Correspondenzen, die mein Mann nicht wißen dürfte, und Hr. Freyberg wird nichts an mich schreiben, daß er nicht wißen sollte. —

Eisenfeld. Doch — doch — glaub ich, wird das Billet blos an Sie seyn. —

Emilie. (schnell) Wißen Sie also den Inhalt?

Eisenfeld. (verlegen) Nein — ja — nur so obenhin —

Emilie. Elender Mensch! — Sag deinem Herrn, ich hätte nicht geglaubt, daß mein gestriges freundschaftliches Betragen ihn zu einem solchen Schritte berechtigen könnte. — Inzwischen wollte ich den ganzen Vorfall für ungeschehen annehmen, und nie deßen
er-

ein Schauspiel.

erwähnen, weil ich überzeugt wäre, daß ein so edler Mann so etwas nur nach einem Balle im Taumel hätte unternehmen können. — Dir aber, Verführer deines Herrn, rathe ich, nie wieder in dergleichen Angelegenheiten diese Schwelle zu betreten, sonst sollst du erfahren, wie ein ehrliches Weib solche Schurken abfertigt.

(geht ins Kabinet.)

Eisenfeld. (sieht ihr nach) Nun, so wollt ich, daß — Steh ich doch da, wie ein Bube, der seine Lektion nicht weiß. — Hab doch eine ziemliche Portion Unverschämtheit, aber das Teufelsweib hat mich aus aller Fassung gebracht. Mich aus der Fassung bringen! — Das will viel sagen —

Neunter Auftritt.

Emilie. Weiler. Maier. Eisenfeld.

Weiler. (reisefertig) Verzeihen Sie, daß wir Sie allein ließen. Hier sind die Papiere, Emilie; ich habs so eben überlegt, das beste wird seyn, ich mache mich mit Maier selbst auf den Weg um das Satansgewebe zu zernichten. —

Emilie. Gut lieber Weiler! (besorgt) Aber soll ich indessen hier alleine —

Weiler. Ah gut, daß Sie noch da sind, Herr Eisenfeld. Melden Sie Ihrem Herrn den Vorfall, und bitten Sie ihn in meinem Namen bey meinem Weibchen zum Mittags-Brode, daß ihr die Zeit nicht lange werde.

Emilie. (beyſeite) Guter, argloſer Mann! (laut) Aber Weiler, es wird ſich nicht ſchicken.

Weiler. Warum nicht? — Ich wüßte dir keinen angenehmern Geſellſchafter in der ganzen Stadt. Auf meine Verantwortung Hr. Eiſenfeld!

Eiſenfeld. Werds ſogleich gehorſamſt beſorgen! (beyſeite) Das iſt ein Mann, der quid juris verſteht.

(geht ab.)

Emilie. Ich wäre lieber mit dir.

Weiler. Ich reite, um geſchwinder aus dem Platze zu kommen, da kann ich dich nicht brauchen. — Ein andermal ſollſt du mit. —

Emilie. Ich fürchte mich ſo ſehr ohne Dich. (ängſtlich) Ich kann dir nicht ſagen, was mich jetzt der Traum, den ich dir heute ſchon erzählte, beunruhigt.

Weiler. Grillen! Was ſoll mir auf einer ſo kleinen Reiſe auch aufſtoßen. — Zum Ueberfluß habe ich noch meine Piſtolen mitgenommen. — Doch je länger ich hier weile, je länger leidet der arme Alte. (küßt ſie) Lebe wohl, liebes Weibchen! denke nur, daß es ein Spazierritt ſey. —

Emilie. (küßt ihn) Komm bald — bald wieder! —

Weiler. (ſcherzhaft) Führe dich brav auf, daß Hr. Freyberg keine Klage hat — ſonſt mußt Du ihm, wenn ich komme, zur Strafe 10 Küße geben. Lebe wohl! —

ein Schauspiel.

Emilie. (umarmt ihn nochmals) Gott! Gott begleite dich! —

(gehen alle ab.)

Zehnter Auftritt.

Eisenfeld allein. Hernach **Lorchen.**

Nun habe ich das meinige gethan! Mit dem übrigen siehe du zu. — Er weiß es bereits, daß ihn die Frau auf des gutherzigen Mannes Befehl erwarten muß. Nun will ich nur spioniren, ob der Weg schon rein ist, und wie sie das Billet aufnahm. — Ach! wenn die Weiberchens sich noch so sehr spreitzen und fulminiren, so etwas ist wie niederschlagend Pulver, sobald sie es nur gelesen haben — es kützelt ihre Eigenliebe. — Still! es kommt jemand! — Hier ist nicht gut seyn. —

Lorchen. (kommt)

Eisenfeld. Nu, meine Schöne! wie stehts mit dem Briefchen?

Lorchen. Meynen Sie denn, daß ich hexen kann. Das geht so geschwinde nicht. Zudem — sagen Sie mir doch, von wem ist denn das Billet?

Eisenfeld. (stockt) Daß du beym Gukuk wärest mit deiner Frage! — Ist der gnädige Herr schon weggeritten?

Lorchen. Ja, den Augenblick denk ich —

Eisenfeld. Wie lange sind denn nun die Leutchen verheirathet?

Lorchen. Sechs Wochen! — Aber sagen Sie mir doch —

Eisenfeld. Und leben glaub ich, wie ein Paar Turteltäubchen?

Lorchen. Er ist brav, und sie ist schön.

Eisenfeld. Wenns auf Schönheit ankomnt, wüßt ich leicht ein Mädchen, die ihr den Vorzug streitig machen könnte.

Lorchen. So! und die wäre? —

Eisenfeld. Sie, mein holder Engel!
(umarmt sie.)

Lorchen. (sträubt sich) Sachte, sachte! Sie sind hier nicht in Ihrer Gerichtshalterey.

Eisenfeld. Vielleicht kann sich aber noch mit uns fügen, daß —

Lorchen. Nein, die Männer sind mir zu falsch.

Eisenfeld. Und die Weiber zu pfiffig! beliebt Ihnen eine Prise Toback! (präsentirt ihr die Dose.)

Lorchen. Ich schnupfe nicht.

Eisenfeld. (sie fixirend) Lippen wie Korallen.

Lorchen. Sagen Sie mir lieber —

Eisenfeld. Zähne wie Elfenbein.

Lorchen. Ah Sie spaßen! —

Eisenfeld. Ein Füßchen, wie eine Tänzerinn.

Lorchen. Männerworte!

Eisenfeld. Ein Leibchen zum umspannen —
(umarmt sie)

Lorchen. Lassen Sie aus, ich bitte, mir wird ganz närrisch zu Muthe.

Eisenfeld. Der Brautschwindel, mein Engel. — Ach! sie sind zum küssen!

Lor=

Lorchen. Laßen Sie mich — Sie sind mir gefährlich.

Eisenfeld. Wirklich — ich bin auch zum Sterben in Sie verliebt.

Lorchen. Feind bin ich Ihnen eben nun auch nicht. Sie könnens einem so nahe legen.

Eisenfeld. Kann ichs? das ist mir lieb! Nun beruht es blos auf Ihnen, uns recht bald zusammen zu helfen.

Lorchen. (begierig) Nu, so sagen Sie mir nur, wie? Ich will alles beytragen, was in meinen Kräften steht.

Eisenfeld. (bey seite) Hu! die ist hitzig! — (laut) Auf dem Billet da beruht mein ganzes Glück; es ist von meinem Herren. — Bestellen Sie es richtig, bevor er hieherkommt, so bin ich in wenig Tagen Herr Stadtarchivar, und sie — Frau Stadtarchivarin —

Lorchen. O Jemine, da will ich dicke thun. Aber klug muß ichs angreifen, daß ich dabey nicht die Brüche komme. — Wißen Sie was, ich legs hieher auf den Tisch erbrochen, und wenn sie mich fragt, wo es her kömmt, so sage ich — ich hätte es auf der Treppe gefunden. (Sie erbricht den Brief, und legt ihn auf den Tisch.)

Eisenfeld. (bey seite) Der Köder ist gut, um Fische zu fangen. Frau Stadtarchivarinn möchtest du wohl schwerlich werden — vielleicht, wenn du dich gut aufführst, ihr Stubenmädchen.

Lor.

Lorchen. Ich höre meine Frau kommen. Sie können Ihr nicht mehr ausweichen. Gehen Sie hier durch über die Hintertreppe nach dem Hofe.

Eisenfeld. (umarmt sie) Adieu meine liebe Frau Stadtarchivarin in Hoffnung —

Lorchen. (begleitet ihn) Auf Wiedersehen lieber Herr Stadtarchivar in der Einbildung.

(beyde ab)

Elfter Auftritt.

Emilie. Hernach Lorchen.

Emilie. Nun ist er fort! — Und ich bin allein — Ha wär ich doch immer lieber allein, als mit einem Menschen in Gesellschaft, dessen schändliche Absichten mir eine gefährliche Grube graben. (Pause) Ja, das will ich thun: Lorchen soll hier bleiben, und nicht von meiner Seite weichen. — Lorchen! —

Lorchen. Was befehlen Madame? —

Emilie. Du speisest heute Mittag mit mir.

Lorchen. Das wird sich nicht schicken, wenn ein Fremder zu Tische gebeten —

Emilie. Du thust, was ich befehle. Das Uebrige ist meine Sache. (sie sieht die Blumen) Wirf die Blumen zum Fenster hinaus.

Lorchen. Madame! Sie sind schön, und riechen so angenehm.

Emilie. So nimm sie meinetwegen auf dein Zimmer. (Lorchen geht ab. Wie sie gegen den Tisch geht,

bemerkt sie das Billet, haftig) Wo kommt dies her? (liest) „Einzige Ihres Geschlechts! Wer kann so „viel Reize sehen, und sie nicht anbeten müßen? — „Ihr erster Blick machte solchen Eindruck auf mein „Innerstes, daß ich stumm und zitternd dastand, „wie ein Verbrecher, der zum Tode geführt werden „soll. Sollte Ihr Herz ganz gefühllos bleiben bey „dem Anblick eines jungen Mannes, dem brennende „Leidenschaft im Busen lobert? O nein! so viel „Schönheit kann sich nicht mit so viel Grausamkeit „paaren. Sehnsuchtsvoll erwarte ich Ihren Wink, und „bin Dero innigster Anbeter
  „Karl von Freyberg."
(geht heftig auf und ab) Lorchen! Lorchen!

Lorchen. Was befehlen —

Emilie. (reißt den Brief in Stücke) Geschwind wirf dies Papier ins Feuer.

Lorchen. (im Abgehen) Adieu mon plaisir. Adieu Frau Stadtarchivarin.

Emilie. (allein) Ich zittere und bebe vor dem Augenblicke, in dem er erscheinen wird. Der Vermeßene! (Pause; Und doch kann ich ihn nicht haßen! — Im Innersten meiner Seele ist etwas, das für ihn spricht. — Sollte etwa dies Herz, das ich so unerschüttert glaube, mich täuschen! sollt ich wanken können! O Gott!

Zwölfter Auftritt.

Emilie. Freyberg.

Freyberg. (der die lezten Worte noch mit angehört hat.) Mit Zittern wage ich es bey Ihnen zu erscheinen. —

Emilie. Beweiß, daß ihr Herz gut ist. —

Freyberg. Ja Emilie, das ist es, das ist es gewiß! Ein gleiches habe ich von Ihrem Herzen, von Ihrer Denkungsart geglaubt.

Emilie. Und haben doch den bewußten Schritt gewagt? Oder nehmen sie vieleicht bey mir das Wort gut in einer zweydeutigen — entehrenden Bedeutung? —

Freyberg. Wie könnt ich? — Wie dürft ich das? — Nur bitt ich — verzeihen Sie mir, haben sie Nachsicht mit der tobenden Leidenschaft, die mein ganzes Ich durchwühlt.

Emilie. Die hab ich, werde stets ihre Freundin bleiben, wenn Sie sich darnach aufführen — werde stets Ihnen gut seyn, wenn sies verdienen. (drückt ihm die Hand.)

Freyberg. (küßt sie ihr) Einzige Deines Geschlechts! Inbegriff aller weiblichen Vollkommenheit, sieh, hier lieg ich zu deinen Füssen — ich kenne, ich sehe, ich fühle jezt nichts mehr als dich — Du kannst mir durch ein Wort Seligkeit — oder Verzweiflung geben. Sieh! hier lieg ich zu deinen Füssen! Lieb — liebe, oder vernichte mich! —

Emilie. Stehen Sie auf mein Herr, oder sie zwingen mich sie zu verlassen. —

Freyberg. Ich lasse nicht eher diese Hand fahren, und solltest du mich von Zimmer zu Zimmer hinter dir herschleifen, und solltest du mich auch wie einen Warm in Staub treten, du mußt die meinige seyn, und wenn eine Welt drüber zu Grunde gehen müßte. —

Emilie. Herr! Was verlangen Sie da von mir? — Wissen Sie, daß ich das angetraute Weib eines braven Mannes bin? — Wissen Sie, daß göttliche und menschliche Gesetze von jeher diesen Bund geheiligt haben? Wissen Sie daß sie selbst Richter über diese Gesetze sind? — Wissen Sie, daß Sie das Schwert in Händen tragen um jeden im Besitze seines Eigenthums zu schützen? — Und sie könnten selbst — O lassen sie mich den Gedanken nicht ausdenken — bis her habe ich sie hoch geschätzt als einen rechtschaffenen Mann; ein so unedles Betragen würde mich zwingen, sie zu verachten.

Freyberg. Vergebung, göttliches Weib, Vergebung! Wer kann dem Sturmwinde befehlen, daß er nicht wüte, wer dem Blitze gebieten, daß er nicht zünde? — Sind wir nicht alle Sclaven unsrer Leidenschaften, die uns herumschleudern, wie der Knabe den Federball. — Warum bist du weniger schön? — Fluchen möchte ich meinem feindseligen Gestirne, das dich mich kennen lernen ließ, da du schon das Weib eines andern warest. O Emilie! — Emilie! So lange ich dich sehe, und nicht mein nennen kann, werd ich die Hölle auf Erden haben.

Emilie. Gut also! Mein Mann liebt mich; ich will mit ihm von der Sache sprechen, und ihn bitten, ohne die wahre Ursache zu enthüllen, mit mir diese Stadt zu verlassen. —

Freyberg. Um mich zur Verzweiflung zu bringen! — Weib! Weib! Du studierst auf Mittel mich recht teuflisch zu quälen, — mich an einem langsamen Feuer zu braten. — Ich reise dir nach, wenn es auch bis ans Ende der Welt wäre, verfolge dich wie dein Schatten.

Emilie. Ich bitte Sie, verlassen Sie mich, oder ich muß sie beschimpfen, so schwer es mich auch ankommen würde. —

Freyberg. Gut; ich will es, sobald du mir eine Bitte gewährst. — So sehr es mir auch in Kopf und Herzen tobt und braust, so will ich doch gehen, wenn du mir nur einen Kuß erlaubst. — (er umarmt sie)

Emilie. (will sich losreissen) Lassen Sie mich!

Freyberg. (zärtlich) Emilie! Nur Einen Kuß! —

Emilie. Hülfe! Hülfe!

Freyberg. Ich klammre mich so fest an dich, daß sie mich mit Zangen nicht losreissen sollen. —

Emilie. Niederträchtiger! Schändlicher Ehrenräuber! —

Freyberg. (rasend) Einen Kuß, oder deinen Tod!

Emilie. Lieber den Tod!

Freyberg. (läßt sie los, greift nach dem Degen) Wohl, so —

Emilie. (springt ins Kabinet, und schließt die Thüre zu.)

Freyberg. (rennt auf die Thüre zu) Ha! Noch bist du meiner Leidenschaft nicht entwischt! — Und wann du mit diamantnen Ketten an Himmel geschlossen wärest, so will ich dich herunterholen, und wenn alles drüber zu Grunde gehen sollte.

(geht ab.)

Dreyzehnter Auftritt.

(Zimmer in von Freybergs Hause.)

Eisenfeld allein, hernach Freyberg.

Eisenfeld. Begierig bin ich doch wie das Rendesvous abgelaufen seyn mag! Ich prognosticire nicht viel günstiges für uns. — Das Weib hat der Teufel tugendhaft gemacht. — Ich selbst stand ja vor ihr da, wie sie mir vorpredigte, wie ein ABC Schütz. — Geh es wie es will — ich hab ihn an der Schnur — wird Eisenfeld nicht Archivar, so wird Eisenfeld plaudern. — Eh er das zuläßt, hält er sein Wort! — Ha! ich höre ihn kommen! — Ich will in Hinterhalt stehen (tritt bey seite.)

Freyberg. (wirft Hut und Degen weg) Weib! Weib! (schlägt sich vor die Stirne) Nun weiß ich es erst, was weibliche Tugend ist!

Eisenfeld. (für sich) Ha, ha! pfeift der Vogel daher? —

Freyberg. Tugend? Tugend? — Mein Ziererey, Phlegma, Stolz, Verachtung ist es! Wie sie sich über meine Leidenschaft lustig machen wird. Wo

ist

ist mein Degen? Lieber ihn gleich durch die Brust gestoßen, als diese Erniedrigung erlebt. (läuft nach dem Degen, und sieht Eisenfeld, der zur Thüre schleichen will) Ha bey dir will ich anfangen, du Judasfreund.

Eisenfeld. Fangen Euer Gnaden lieber bey sich an, ich kann warten.

Freyberg. Auch du spottest?

Eisenfeld. Wie ists aber möglich, sich durch einen kleinen fehlgeschlagenen Plan gleich so ganz aus aller Fassung bringen zu lassen? —

Freyberg. Hat er nicht alle meine Hoffnungen vereitelt? —

Eisenfeld. Herz gefaßt! Hannibal wollte über die Alpen, und kam hinüber. Machen Sies auch so! — Man muß nur recht *wollen*, so kann man auch —

Freyberg. Ich verlangte nur einen Kuß von ihr; sie weigerte sich so lange, daß ich wütten wurde, den Degen zog —

Eisenfeld. Daß die gewesene Herren Akademiker doch gleich mit den Bratspießen heraus sind! Wer wird denn so ungalant seyn, und ein Küßchen mit dem Degen in der Faust verlangen. So eins kann gar nicht schmecken. —

Freyberg. Lassen Sie Ihren unzeitigen Scherz beyseite. —

Eisenfeld. Ernst also! — Gewalt ist mißgeglückt! — Nun nehmen Euer Gnaden ihre Zuflucht zur List —

ein Schauspiel.

Freyberg. Wovon ich mir eben so wenig verspreche.

Eisenfeld. Wollen Euer Gnaden mir vollkommen freye Hand lassen?

Freyberg. In allem, was zu meinem Zwecke führt. —

Eisenfeld. Wollen Euer Gnaden so gütig seyn, und mir diese Vollmacht schriftlich ausfertigen. Grosse Herren vergessen zuweilen, was Sie versprochen haben, und dann könnt ich das Baad aushalten müßen.

Freyberg. Auch die sollen sie haben.
(setzt sich, und schreibt)

Eisenfeld. (stellt sich hinter ihn) Wollen Euer Gnaden die Gütigkeit haben, und hier noch den Worten, unumschränkte Vollmacht — in allem was nur immer zu Ausführung des Plans dienlich seyn mag, beyfügen? (für sich) Es ist bloß, um meinen Kopf für frühzeitigem Wackeln zu sichern! —

Freyberg. (giebt ihm das Papier) Bedenken Sie wohl, was ich Ihnen gebe; mißbrauchen sie es nicht!

Eisenfeld. Werds nur zu Dero Wunsch gebrauchen, und dann wieder zurückstellen. Nun bitte ich Euer Gnaden noch um eine Kleinigkeit.

Freyberg. Und die wäre? —

Eisenfeld. Um die Signatur fürs Archivariat, nach Dero Versprechen.

Freyberg. (setzt sich und schreibt) Auch dies sollen sie haben.

Eisenfeld. (für sich) So! Besser haben, als erst kriegen! — Hand und Unterschrift kann er nicht mehr läugnen. Und: Ich bin gedeckt, wenn's ja schief gehen sollte.

Freyberg. (steht auf, giebt ihm das Papier) Ich verlasse mich auf Ihr Wort —

Eisenfeld. — Zu thun, was in meinen Kräften stehet.

Freyberg. Nun sagen Sie mir nur Ihren Plan.

Eisenfeld. Die beyden Straßenräuber, welche gestern eingebracht wurden, sollen mir treffliche Dienste thun. Doch das zu erklären, wäre jetzt zu weitläufig; denn ich muß Weilers Reise nützen. Euer Gnaden gehen flugs eine hin, bitten Emilien, um sie sicher zu machen, des Vorgefallenen wegen, um Vergebung, und — tiefe Verschwiegenheit. Glauben mir Eure Gnaden, sie soll uns noch so irre werden, wie ein Lamm, und in kurzer Zeit ihres einzigen geliebten Weilers vergessen.

Freyberg. Aber wie wollen Sie das denn möglich machen? — Wie?

Eisenfeld. Wenn Sie mit jemanden ein tete a tete in einem Zimmer haben, wo ein Licht brennt, und das Licht ist ihnen ungelegen, so löschen Sie es aus, nicht wahr? Verstanden? (Geht ab).

Freyberg. (wie aus einem Traume erwachend) Was war das? Auslöschen sagte er? — Ein fürchterlicher Gedanke fährt mir, wie ein Blitz durchs Gehirn! Sollte er Weilern etwa — (fährt zurück) Nein, nein, ein Schurke ist er, aber so teuflischen Mord wird er nicht für einen andern auf die Seele

neh=

nehmen wollen. — Für einen andern? — Wie ein Nebel schwindets von meinen Augen! — Auf mich würde das Rachgewinsel des Ermordeten, auf mich der Fluch des jammernden Weibs fallen! — Fort, fort, gerettet, so lange noch Rettung möglich ist.

Ende des ersten Aufzugs.

Zwenter Aufzug.

Erster Auftritt.

Freyberg allein.

(Sitzt in seinem Studierzimmer ganz tiefsinnig.)

Wo nur Ellenfeld bleiben mag! — Ich habe groß gefehlt, daß ich mich dem Menschen so ganz anvertraute. Nie sollte sich ein Vorgesetzter gegen seinen Untergebenen so bloß geben, wenn er nicht von der Stunde an eine elende Figur spielen will. — Wie wohl kann er jetzt nicht meinen Willen auch ohne meinen Willen ausdehnen. Ach! Kein Mensch ist edel und frey, der den Begierden gehorchet, ein Sclave seiner Leidenschaften ist. — Ich darf nur Leidenschaf-

denken, so zaubert mir gleich meine Phantasie Emilien mit aller ihrer Engelschönheit vor, und weg ist Kopf und Philosophie, und kein andrer Gedanke herrscht dann in meiner Seele als sie — (Pause) O daß mich Lesen zerstreuen könnte — Ja — wenn nicht ihr Bild auf jeder Seite flammte — (greift nach einem Buche) Ha! Werthers Leiden — du sollst von nun an mein Hauptbuch bleiben, wie ich denken, leben, handeln will.

(blättert drinn herum, liest, Pause.)

Zweyter Auftritt.

Metzler, Freyberg.

Metzler. (schleicht sich sachte herein, nähert sich, und schlägt ihn auf die Schultern) So seh ichs gerne.

Freyberg. (springt erschrocken auf, und ängstlich von ihm weg) Hast du mich nicht erschreckt.

Metzler. Brav, mein Freund, gelesen, meditirt, das jagt alle den Liebesplunder nach und nach zum Hause hinaus — Ich bin nie stolzer, nie größer als wenn ich in meiner Bibliotheck oder hinter den Akten sitze, und da eine Wahrheit finde, die der menschliche Scharfsinn mühsam zur Lüge herum zu drehen wußte — Wenn sie noch vollends einen gefährlichen Proceß eines armen Klienten aufheitert, und Hoffnung zu baldiger guter Entscheidung seiner Sache giebt, dann renn ich zu ihm hin, als wenn ich eine neue Welt entdeckt hätte, und sags ihm. Die Freude, die sich dann über die Stirne des Ar-

men

ein Schauspiel.

men verbreitet, der Händedruck, der mich wie elektrisirt; die Dankesthräne, die sich heimlich über seine Wange herabstehlen will, ist mir mehr Freude, als wenn mich die gelehrteste Academie zu ihrem Mitgliede aufgenommen hätte. Glaube mir, auch die trokne sauren Pandekten haben ihr süßes; auch im düstern Aktenleben blühen uns Rosen mitten unter Dornen.

Freyberg. Das will ich gerne glauben.

Metzler. Glauben? du? — Und machst ein Gesicht wie wie ein Leichenbitter dazu. — Wenn du es glaubtest, müßte es dich heitrer machen.

Freyberg. Was willst du denn bey mir?

Metzler. Eine erbauliche Frage! — Die nicht viel beßer heißt, als: geh, da hat der Zimmermann 's Loch gemacht; laß mich ungeschoren. Ich bleibe, habe mich, seys auch wider deinen Willen zu deinem Arzte aufgeworfen, und ein braver Arzt darf seine Patienten nicht allein laßen. Ich muß dich kuriren, es gehe, wie es wolle. Menschen, Christen, Freundespflicht befielt mirs (schlägt das Buch auf, das Freyberg vor sich liegen hat) Was Teufel machst du damit? — Erhitzende Getränke zum Fieber, hintern Ofen, in Ofen damit.

Freyberg. (hitzig) Du wirst doch das Buch nicht verachten wollen?

Metzler. Keineswegs. Rhabarber ist gut, aber nicht fürs hitzige Fieber — Werthers Leiden sind gut schön geschrieben, aber nicht für deinen Zustand — Doch wenn du's je lesen willst, so bitte ich dich das

Motto von dem zweyten Theil recht bedächtlich zu erwägen: (liest)

    Du bedaurst, beweinst ihr gute Seele,
    Rettest sein Gedächtniß von der Schmach —
    Sieh! dir winkt sein Geist aus seiner Höhle,
    Sey ein Mann! und folge mir nicht nach! —

(legt das Buch weg) Sey ein Mann lieber Freyberg, sey ein ehrlicher Mann — Ich weiß gewiß, wenn Göthe nur entfernt hätte muthmaßen können, daß es einst Narren geben könnte, die aus Geniesucht ein Wertherfieber kriegen, und sich todt schlieffen würden, er hätte den ganzen Roman, bevor er ihn drucken ließ, ins Feuer geworfen. So etwas konnten nur schwache Köpfe thun, du aber, ein Jüngling, dem Kopf und Herz auf dem rechten Fleck sitzt —

Freyberg. Freund! ich bitte, ich beschwöre dich mit Thränen, weiche nicht von meiner Seite, ich bin jetzt wie ein Fahne auf dem Dache, wie der Wind bläst, dreh ich mich — alle meine Festigkeit ist dahin —

Metzler. Nur Muth; es wird alles gut gehen — Was ist denn seit der Zeit neues vorgefallen —

Freyberg. Ich habe sie gesehen — gesprochen — und bin noch elender — noch schwächer geworden —

Metzler. Dacht ichs nicht? — Warum folgtest du denn mir nicht?

Freyberg. Weil mir Eisenfeld Hoffnung machte —

Metzler. Eisenfeld — und immer der verfluchte Eisenfeld! (steht auf) Wenn er dein Freund — dein Vertrauter ist, so kann ichs nicht mehr seyn — der Kerl hat eigennützige, schlechte Absichten dabey, daß er dich da verkuppeln will — (gemäßigter) Vergieb mir meinen Eifer, lieber Junge; — du kennst mich länger als Eisenfelden, hast mich hoff ich als Freund bewährt gefunden — denn ich habe dir nie zu etwas schlechtem gerathen — Wer uns zu einem schlechten Streiche räth, und hilft, ist unser Feind. Du hast ihm vermuthlich etwas versprochen? —

Freyb. Freylich — ich gab ihm vor wenigen Augenblicken die Signatur fürs Archivariat, und ich muß dirs gestehen, noch etwas, das mich schon gereut.—

Metzler. Nur heraus damit — vielleicht kann mans ihm wieder ablauren — Nur heraus.

Freyberg. Eine schriftliche Vollmacht, in der bewußten Sache wegen Emilien, ihn nach Gutbefinden schalten und walten zu laßen.

Metzler. Um Gotteswillen, wo war dein Kopf, als du so etwas ausstelltest? — Die Vollmacht must du zurücke kriegen, oder ich will nicht Metzler heißen, sonst könnte der Kerl damit einen Schurkenstreich nach dem andern auf deine Rechnung spielen! Ich treffe dich doch wieder hier? —

Freyberg. Ich will lieber ein bischen aus der Stadt gehen mich zu zerstreuen. Aber in einer Stunde bin ich wieder hier — thue dein möglichstes — denke handle wie es dein redlich Herz dir eingiebt — ich kann nichts thun, bin ganz dahin. O Bruder! Bruder! bedaure mich! (sinkt ihm auf die Schulter) Mein Zustand ist der schrecklichste — Hätte ich nicht so einen Mann, wie du bist, gefunden — ich wäre ein Scheusal geworden — danken will ich dir einst, wenn mir die Thränen leichter und süßer rollen.

Metz-

Metzler. Laß gut seyn, Alter, es wird alles wieder gut werden. Was ich thue ist Schuldigkeit. — Wozu wären denn Freunde, wenn sie uns nicht in der Noth beystünden — wenns uns gut geht, finden sie sich von selbst ein, bringen auch wohl gar Löffel Gabeln und Meßer mit.

(mit einander ab.)

Dritter Auftritt.

(Gefängnis.)

Zauser, Wild, beyde sitzen geschloßen am Tisch;

Zauser. Donnerskerl! laß dein verfluchtes Kopfhängen. Ists denn das erstemal, daß wir in der Patsche sitzen? — Hättest du Bestie dich gestern nicht so besoffen, und lieber unsre Gewehre geladen, so wären wir noch im Grünen, und hätten den Mauerhockern die Pelze ausgeklopft, daß sie in Jahr und Tag nimmer zu uns auf Visite gekommen wären. (beißt in die Ketten) Je der Donner und das Wetter — ich möchte mir die Zähne ausbeißen vor Galle —

Wild. Tröste dich mit mir: Was am Galgen gehört ertrinkt nicht — Wir haben lange genug auf die Barmherzigkeit des Meister Knüpfauf gesündiget. Nun heißts punctum — Streusand drauf. Man trägt den Krug so lang zum Waßer, bis er bricht.

Zauser. Oder entzwey gestoßen wird. Den dießmal haben wir ihn wohl selbst zerbrochen. Nun
ins

ins Teufelsnamen Herz gefaßt, nicht gezuckt. Der Galgen ist ja so hoch nicht! Und wir haben wenigstens den Trost, daß wir nach der neuesten Mode gehängt werden,

Wild. Wie so? Habens wieder was erfunden?

Zauser. Ja, und der Gedanke gefällt mir. Damit wir Galgenpraktikanten in Zukunft uns nicht mehr auf der unkommoden Leiter hinaufschieben laßen dürfen, so setzen sie uns jetzt in einen Lehnsessel von Riemen, der um und gut verwahrt ist, und ziehen uns dann durch einen Flaschenzug bis an den Balken, so daß wir ordentlich in die ewige Ruhe getragen werden. Hahaha! Wir werden uns beyde, wie ein paar Bierfäßer, ausnehmen.

Wild. Mir ist die Mode doppelt lieb, weil ich schwindlicht bin, und auf der Leiter leicht ein Malheur hätte haben können.

Zauser. Aber ein paar tüchtige Stricke darf der Wohledle Magistrat schon drehen laßen. Der hiesige Blutrichter ist ein ganzer Kerl, der hängt aus dem Fundament — Nichts ist ärgerlicher, als wenn man nach seinem Tode so infam prostituirt wird, und so miserabel (zeigts mit dem Kopfe pantomimisch an) da hängen muß —

Wild. Ich wollte doch lieber schlecht leben, als gut hängen.

Zauser. Weil du ein Dummkopf bist! — Kann ein Tod ehrenvoller seyn? — Ich rath es jedem guten Freunde, daß er sich einmal hängen läßt. Während mancher Schuft auf dem Kirchhof längst vermodert ist, und kein Hahn mehr nach ihm kräht, leben wir noch im Andenken unserer Freunde und Feinde — Jeder, der bey uns vorüber geht, fragt nach unserm Namen, und denkt, der mag auch kein Stroh im Hirn gehabt haben —

Wild. Was hilft mir das? — benseiben wird mich gewiß niemand um den Platz den ich einnehme.

Zauser. Ist das nicht schon Glücks genug? — Und dann bedenk einmal alle die Feyerlichkeiten, welche die löbliche Justiz dabey beobachtet — Mir hüpft das Herz im Leibe vor Freuden, wenn ich mich im Geiste mit Sang und Klang unter Trompeten und Paukenschall, von allen Polizeybedienten begleitet, hinaustransportiren sehe. Herren und Damen, Bürger und Bauren, große und kleine Kinder begleiten einen, und manches alte Mütterchen weint ihre mitleidige Thränen dabey, daß das grausame Schicksal einen so braven Mann in der Blüte seines Lebens dahin reißt — Nein; im Freyen habe ich gelebt, im Freyen muß ich sterben — im Walde habe ich der stürmenden Natur getrotzt, auch nach meinem Tode soll Sturmwind und Wetter an meinen Knochen herumarbeiten.

Wild. Wird dir schon anders werden, wenn dich das hänferne Halstuch an die Kehle kitzelt. —

Zauser. Wie mancher Türkischer Baßa wird nicht noch zwischen Thür und Angel sterben, und am selbenen Leitseile des Großsultans zappeln müßen.

Wild. Klüger wärs immer; wir quittirten das verfluchte Spitzbubenleben, wenn wir diesmal durchwischen.

Zau-

Zauſer. Und was dann anfangen? Pilger werden, und nach Kompoſtel reiſen?

Wild. Wir können vielleicht noch auf andre Art der Welt nützlich ſeyn! Wollen eine neue Münze anlegen.

Zauſer. Das iſt mir zu weitläufig. — Da iſts immer noch klüger, andre münzen laſſen, es ihnen abnehmen, und dann damit negoziren.

Wild. Oder errichten wir eine Pharobank. —

Zauſer. Gott bewahre! — Die Damen biegen einem ſo viel Paroli und Septleva zuſammen, daß man zuletzt nimmer weiß, wo man die Volte hinſchlagen ſoll.

Wild. Verſauren können wir unmöglich ſo. — Ach hätte mancher Potentat ein Paar Regimenter ſolcher Kerls, wie wir und unſre Brüder ſind, er könnte den Teufel aus einer Ecke der Hölle ins andre, par force jagen.

Zauſer. Nun — was fangen wir alſo an?

Wild. Sieh mir hat dieſe Nacht geträumt, ich hienge am Galgen, und ein Rabe hakte mir das Herz aus dem Leibe.

Zauſer. Ha, ha, ha! Ein erbaulicher Traum!

Wild. Du kannſt dir die Marter nicht vorſtellen, die ich litt. Ich wachte drüber zum Glücke auf, und faßte ſogleich den Entſchluß, meine Lebensart zu ändern, und Soldat zu werden.

Zauſer. Topp, ich bin dabey — das Leben behagt mir auch nimmer recht. — Dann käm ich einmal in unſerer Nachbarſchaft in die Falle, ſo wärs mit dem Hängen nichts — ich müſte vielleicht auch so einen braunen Schlafrock anziehen, und Pferdearbeit verrichten. — Ueberdies soll die Chaussee an der Donau hinauf gar schlecht seyn.

Wild. Weißt du was, wir machen uns noch diese Nacht auf den Weg. —

Zauser. Dummkopf! Hast du vergessen, daß wir im Salze liegen? —

Wild. Thut nichts zur Sache. — Dort in der Mauer habe ich ein Loch entdeckt, und ein Stück von der seidnen Schnur habe ich noch in die Halsbinde eingenäht, an der wir uns zu Venedig vom Thurm herunter ließen.

Zauser. Ich habe auch noch zwischen der Sole eine englische Feile stecken, die uns von unsern Ordensbändern befreyen kann. (auf die Ketten weisend) Nur ein Umstand geht mir noch im Kopf herum —

Wild. Es läßt so verdammt pfuschermäßig, wenn man so ex altissimis herunterrutscht, und nicht wie ein andrer ehrlicher Kerl zur Thür hinaus geht, wo man hereinkam. Ich schämte mich bey der Affaire in Venedig wie ein Bube. —

Zauser. Wir wollen unserm Wirth brav zutrinken, daß er sich vergißt.

Wild. Der vierecklichte Limmel bleibt auch so lange aus, und mich dürstet wie einen Fisch. —

Zauser. Zwey Stunden von hier liegt ein holländischer Werber, der soll unser Mann seyn. —

Wild. Bey denen Herren müßte man versauren. Hab geglaubt, was es neulich für Krieg geben wird, hab schon zu einem Frey Bataillon die Ohren gespitzt, denn da kann man seine Geschicklichkeit zeigen. Auf
ein-

ein Schauspiel.

einmal blies ich pax vobis, und das Lied hatte ein End.

Zauser. Glaub mir, von ihnen warst klug.

Wild. Ein anderer Monarch wäre mein Mann.

Zauser. Der läßt aber keinen mehr hängen, Brüderchen —

Wild. Hast recht — so geh ich unter die Preußen —

Zauser. Sie kennen dich zu gut wegen der Spionsgeschichte im letzten Krieg.

Wild. Ja, zum Teufel, wo soll ich denn hin? Unter die Franzosen? — die sind mir zu lüftig, ich kann beym Kommisbrod keine Messieurs a la montgolfier und a la figaro sehen. Die Engelländer sind mir zu stolz — glauben, sie hätten alle Weisheit allein gefreßen.

Zauser. Bleiben wir bey den Holländern.

Wild. Topp also! — (schlägt ein) Heiß mich einen Bärenhäuter, wenn ich nicht in 10 Jahren als General diene, wenn mir nicht Meister Stoffel einige Jahre früher ins Paradies hilft. — Ah unser Ganymedes —

Vierter Auftritt.

Stucker, mit einem Kruge Wein, und Brod.
Vorige.

Stucker. Hier ist Wein, hier ist Brod, wohl bekomms.

(will geben.)

Zauſer. (hält ihn zurück) Ah! ſo wars nicht gemeint Alter!. Mit geloffen — mit geſoffen! — (ſchenkt ein, und giebts ihn) Da! —

Stucker. Ein Gläschen ſchlag ich nie aus! — (trinkt) Auf langes Leben, ihr Herren.

Zauſer. Ja, wenn ſie uns die Säcke nicht ſchon jetzt zuknüpfen wollten. (ſtoßt auch an) Auf gute Freundſchaft Alter, und — baldiges Wiederſehen —

Stucker. (für ſich) Geh zum Teufel mit Freundſchaft und Wiederſehen!

Wild. (ſtößt auch an) Gleichfalls Herr Wirth!

Stucker. Obligirt, ihr Herrn, obligirt.

Zauſer. Setz dich einmal her, Dicker, und laß uns eins zuſammen plaudern, bis der Krug leer iſt —

Stucker. (ſetzt ſich) Nein, mehr darf ich Euch nicht geben. Ich habe ſchon dazu keine Erlaubnis. Der eigentliche Küchenzettel für ſolche Gäſte iſt Brod und Waſſer.

Zauſer. Dummkopf, wir bezahlen dir ja dafür, was du verlangſt.

Stucker. (welcher fleißig einſchenkt) Aber zum Teufel, ſagt mir nur, wo ihr euer Geld verborgen habt; man hat euch ja von oben bis unten viſitirt.

Zauſer. (lacht) Die Narren hätten lange ſuchen können. (reißt einen Knopf vom Rock herunter, und hält ihm eine neue Louisd'or vor) Siehſt du, da ſitzen die Muſikanten. Nun ſag mir einmal Alter, ob ein Kavalier in der ganzen Stadt ſo koſtbare Knöpfe auf ſeinem Statskleid ſitzen hat. —

Stucker. (befühlt bey beyden die Knöpfe) Meine Herren, dürft ich mir wohl von Euch ein paar zum Muster ausbitten. —

Zauser. Kriegst sie alle, wenn wir lange bey dir im Quartier sind. —

Stucker. Daran zweifle ich gar nicht. Unsre Wohlweise Obrigkeit sucht immer gar lange bey Proceßen herum, bis sie 's Recht finden kann. — Nun (schenkt wieder ein) Es leben die Knöpfe! —

Wild. Sie leben! (schenkt Stuckern ein) Nur frisch zu! —

Stucker. Ein herrlich Gläschen! (schenkt ein) Noch eins mit Erlaubniß!

Wild. Ist dir vergönnt, Alter. —

Stucker. (trinkt) Gut, recht gut! Ah, die Knöpfe! die Knöpfe!

Zauser. Gefallen Sie dir? —

Stucker. Ha, was sollten sie auch nicht? — Sapperlot, wenn ich so ein halb Dutzend davon zu packen kriegen könnte, was wollt ich mein Weib, und mein Mädel aufstutzen! —

Wild. So, hast Du eine Tochter? Ist sie schön?

Zauser. (lachend) Nun, wenn sie ihm gleich sieht — —

Stucker. Meint ihr denn, daß unser einer nicht auch schöne Kinder haben könne? — Das Mädel hat schon manchem Rath in die Augen gestochen.

Zauser. Alter, das will nicht viel sagen.

Wild. Bring sie uns einmal herauf.

Stucker. Na! das ist kein Bißen für euch.

Zaufer. Wir fressen nichts davon herunter, wollen sie nur sehen. Sie soll leben deine Tochter!

Stucker. (trinkt auch) Und auch mein Weib!

(stößt an.)

Wild. Es leben alle guten Wirthe!

(stößt an.)

Stucker. Der Himmel schenke ihnen so brave Gäste, wie ihr seyd.

Zaufer. Da Alter! nimm dir ein halb Dutzend Knöpfe herunter.

Stucker. (reißt begierig sie herab, und schneidet sie auf) O ihr liebe — liebe — goldne Narren ihr. Das muß wahr seyn, schon bald 20 Jahr bin ich im Amte, aber so ein paar Ehrenmänner, wie ihr seyd, sind mir noch nicht unter die Hand gekommen. (taumelt) Nun will ich mirs erst recht schmecken lassen.

Zaufer. (will ihm einschenken) Zum Henker, der Krug ist schon leer.

Stucker. Der Keller ist aber voll. Ich will holen.

(taumelt ab.)

Wild. Der ist bis aufs Leimen fertig —

Zaufer. Und nun wollen wir uns seegelfertig machen. Aber zum Teufel, wer kömmt da? —

Fünfter Auftritt.

Eisenfeld. Vorige.

Eisenfeld. Guten Tag beysammen! Wie gehts?

Zauser. (zuckt die Achseln) Wie's zwischen 4 Mauren gehen kann. — Ich wünsche nichts mehr, als bald in die freye Luft zu kommen, es sey auf diese oder jene Art. — Wir wollen alles gerade raus sagen, wies ist, nur daß wir wieder einmal 's Grüne sehen können. — Der Galgen steht hier schön — er hat freye Aussicht.

Eisenfeld. Ein lustiger Patron, bey meiner Seele! Ihr mögt wohl schöne Stückchen gespielt haben. —

Wild. Leute von unserm Metier haben oft närrische Händel. —

Eisenfeld. Lieb wär mirs, wenn ihr mir so ein wenig von Euern Avanturen erzähltet, nur kurz!

Wild. (leise) Machs kurz, daß wir ihn los kriegen, eh der andere kommt.

Zauser. Ich und mein Kamerad sind geborne Deutsche, und Freunde von Kindheit auf, lebten in Schulen und Universitäten in Jena miteinander. — Wies aber geht! Spielen, saufen, schwärmen schmeckte uns beßer, als die trockne Jurisprudenz. Was entstunde draus? — Schulden! die Väter wollten nimmer ausrücken, und die Manichäer nimmer borgen. Was Raths also? — Wir stiftirten uns, giengen über Wien nach Venedig, und lebten da lange unter der Protektion seiner Majestät des

Königs Pharo. — Bey diesem Metier kamen wir mit einer Art Leute, die man Banditen nennt, in Bekanntschaft. — Auf einmal wurden wir mit Ihnen eingezogen, und zum Blocke verdammt. Alle Mittel zu entfliehen schlugen fehl, bis endlich mein Kamerad mit vieler Mühe einen Stein aus der Mauer wog, und allmählig die Oeffnung größer machte. Nachts liessen wir uns herunter, entflohen nach Triest, durchstrichen Tirol und die Schweiz, wo wir uns bey Nacht von Fabricken und Bleichen Leinwand holten, bis wir einmal erwischt wurden, und kaum noch das freye Feld gewannen. — Von da giengs durch Elsaß nach den Niederlanden, wo wir mit einigen braven Kerls Moitié machten, und endlich hieher kamen, wo wir uns durch lange Zeit bey Land und Stadtleuten durch unsere Thaten rühmlichst bekannt gemacht haben. Hier mein Herr haben Sie meinen und meines Kameradens Lebenslauf in nuce. Sollte ich Ihnen jedes zärtliche Rendezvous als Spieler in Venedig, jeden Ausfall auf die Börse dieses oder jenes Squirs, Barons, oder Marquis, der sich oft hinterdrein mir nichts — dir nichts aus dem Wege trollen mußte, hererzählen, so würde ich in 8 Tagen nicht fertig werden.

Eisenfeld. Das laß ich gelten — und nun —

Zauser. Nun werden wir wohl — (das Hängen andeutend) auf dem Bette der Ehren sterben müssen.

Eisenfeld. (sieht sich sorgfältig um) Könnt ihr schweigen? (nimmt beyde vertraulich bey der Hand)

Zau=

ein Schauspiel.

Zauſer. Herr, das iſt eine närriſche Frage an unſer einen; wir handeln meiſtens ſo, daß wir ſchweigen müßen.

Eiſenfeld. Gut alſo! Iſt euch eure Freyheit lieb? —

Zauſer. Ha! was geht über Freyheit? —

Eiſenfeld. Und 's Herz habt ihr auch am rechten Flecke! —

Zauſer. Das können uns die Schweizer bezeugen!

Eiſenfeld. Ihr ſollt frey ſeyn, wenn ihr das thut, was ich von euch verlange — im Namen einer wichtigen Perſon verlange, die über Leben und Tod zu ſprechen hat. Eine kleine halbe Stunde vor der Stadt im Walde am Holwege wird euch dieſen Abend ein Menſch begegnen, der nichts als Unordnung in der Welt anrichtet, dem gebt ein ſichres Geleite in die Ewigkeit.

Zauſer. Heißen Sie mich einen Pfuſcher Herr, wenn er Ihnen noch einen guten Abend wünſcht —

Eiſenfeld. Und dann verlaßt eiligſt dieſe Gegend—

Zauſer. Es geht ohnedies für uns hier kein guter Wind.

Wild. Iſt er zu Pferd, oder zu Fuß, oder —

Eiſenfeld. Zu Pferd glaub ich — er trägt einen blauen Ueberrock, runden Hut — iſt ein 24 Jahr alt —

Zauſer. Wir haben aber keine Piſtole, Degen — nichts —

Eiſenfeld. Hier! (ziebt ein Paar kleine Terzerole heraus, und ein Stilet) und hier! —

Wild. Treffen wir ihn mit diesen dreyen ins Herz, so wird er nimmer weit laufen.

Zauser. Und fehlen wir, so schlagen wir ihn so — todt —

Eisenfeld. Hier habt ihr die Schlüßel zu euren Ketten. Das übrige überlaße ich Euch — Macht nur, daß ihr bald hinauskommt. — (will abgehen)

Zauser. (hält ihn) Noch eins, mein Herr, wer sind sie denn? —

Eisenfeld. Euer Schutzgeist — Wir sehen uns vieleicht draußen wieder — Hier ist euer Reisegeld —

(wirft einen Beutel mit Geld hin, und geht ab)

Sechster Auftritt.

Zauser. Wild.

(Pause, in der sie wechselseitig voll Erstaunen, bald sich, bald den Geldbeutel betrachten.)

Zauser. So wird doch endlich die Unschuld gekrönt!

Wild. Das heiß ich einen Menschenfreund!

Zauser. Einen Belohner der Tapferkeit!

Wild. Einen Retter der Nothleidenden! —

Zauser. Einen Mann voll Gefühl!

Wild. Großmuth —

Zauser. Vernunft!

Wild. Menschlichkeit!

Zauser. (indem er den Beutel aufhebt) Und Freygebigkeit —

Wild.

Wild. Der Beutel ist wohl bey Leibe, hat seine 50 Thlr.

Zauser. Wenn das öfters im Arrest sich so träfe, so ließ ich mich zuweilen zum Zeitvertreib einfangen —

Wild. Ich auch — Aber nun wollen wir zum Abmarsch blasen.

Zauser. Narre! laß nur erst den Kerkermeister kommen, der soll bald unterm Tisch liegen —

Wild. Laß uns diesmal großmüthig seyn, und den armen Teufel laufen.

Zauser. Könntest du wohl zu so einem schlechten Streich rathen? Man sieht doch gleich, daß du kein Spitzbubengenie hast. Nein, ein ehrlicher Mann hält sein Wort.

Wild. Er hat uns ja nichts zu Leibe gethan.

Zauser. Halts Maul, du bist der Ehre nicht würdig, erhöht zu werden.

Wild. St! Stucker kommt!

Siebenter Auftritt.

Vorige, Stucker taumelnd, setzt den Krug hin.

Stucker. Aber was Teu — (sieht nach der Thüre) Meiner Six — ich glaube — ich habe die Thüre offen lassen.

Zauser. Vermuthlich, daß wir frische Luft kriegen —

Stucker. Schau! Schau! Das heiß ich Biedermänner! — Ihr kommt mir just so vor, wie der

Hund, der den Stall gewohnt ist — er bleibt ruhig drinn liegen — oder wie mein Vogel im Käficht — ich laß oft das Thürchen offen, und er fliegt doch nicht heraus.

Zauser und Wild (lachen).

Zauser. Fliegt er nicht heraus? —

Stucker. (lallend) Nein! — Mord element! Ihr hättet schön davon laufen können. Dann hätten sie mirs Brob genommen: Ja meiner Six — 's Brob hätten mirs genommen — dann hätt ich Schweine hüten können. Nun — ihr sollt leben! —

(setzt sich, trinkt.)

Wild. (trinkt) Aufs Wohlseyn der Hunde im Stalle.

Stucker. (trinkt, schläft unterm Trinken ein) Mein Seel, das heiß ich mir ehrliche Kerls — bleiben da — geht nur hinaus jetzt — (nickt, stößt mit dem Kopfe auf den Tisch, auf einmal springt er auf.) Alle Wetter! (reibt sich die Augen)

Zauser. Was ists Alter? träumt ihr? —

Stucker. So seyd ihr noch da? Ah das ist brav — brav —

Wild. Da trinkt lieber, statt zu schlafen, schämt euch! —

Stucker. (stürzt ein Glas aus) Nun ja! — ja — die goldne Knöpfe.

Wild. Stecken dir die im Kopfe — Da trink doch, daß du wieder einen Knopf kriegst —

Stucker. (trinkt das Glas aus, das er ihm vorhält) Schenkt ein! — Ich hole frischen Wein! —

Wild. Da! Proficiat! —

Stucker. (trinkt) Nun ja! Noch ein Glas! —

Zauser. Wollt ihr noch mehr?

Stucker. (trinkt) Gut! Gut! Ah!

(läßt unterm Trinken das Glas fallen)

Wild. Ha ha! Punctum Finale!

Zauser. Jetzt ist er fertig. Nun noch eins auf glückliche Reise.

Wild. Reciproce! (trinken)

Stucker. (fällt übern Stuhl herunter)

Wild. Da haben wirs!

Zauser. Laß das Vieh! Der wird gewiß nimmer munter! — Nun die Ketten losgemacht! (sie schließen sich ab). Halt, nu, laß uns noch einen Spas machen (er schließt mit Wilds Ketten Stuckern kreuzweis) Nun wollen wir ihn dort in die Ecke schleppen. Der wird Augen machen, wenn er aufwacht — Nun laß ihm die Knöpfe wieder abnehmen, die ihm so gefallen haben. (er nimmt ihm die Uhr) Eine Uhr können wir auf der Reise auch brauchen! — (sie tragen ihn in die Scene). Die Thüre schließen wir hinter uns zu; und die Schlüssel nehmen wir zum Andenken mit!

(sie wollen gehen)

Zauser. Noch eins Wild! — gieb mir das Stilet, ich wills versuchen, obs scharf ist? —

Wild. Doch nicht an mir?

Zauser. Der Kerkermeister könnte Wallungen von vielem Trinken bekommen; ich will ihm eine Ader öffnen.

Wild. Je! laß den armen Teufel in Ruhe! —

Zau-

Zauser. Narr! Was liegt an einem Kerkermeister? — (geht) Nun Adieu Herr Spitzbubenvikar!

Wild. Auf baldiges Wiedersehen, Herr Weinlieferant!

(gehen beyde ab.)

Achter Auftritt.

Zimmer in Wellers Hause.

Emilie allein.

Wo er doch so lange bleiben mag! — Nie hab ich ihn mit solcher Sehnsucht zurückgewünscht als heute. Noch nie pochte auch in seiner Abwesenheit mein Herz so ängstlich als eben heute. — Ist es Ahndung eines bevorstehenden Unglücks — oder ist es blos Furcht des liebenden Weibes, und ängstliches Harren nach der Ankunft des Geliebten meiner Seele — O könnte ich doch schlafen — so lange schlafen, bis Weller zurück käme, und mit einem süßen Kuße mich weckte! — — Freyberg! Freyberg! Du hast mein Herz in eine Unruhe versetzt, die mir unerklärlich ist. — Ich sollte dich haßen — verabscheuen als den Beleidiger weiblicher Ehre, sollte dir fluchen, und kanns nicht. — Gott mag mirs vergeben, wenn dies Nicht können Verbrechen ist. Dir Allwißender, der du unser innerstes durchschauen kannst, gestehe ich es mit Thränen: ich kann ihn nicht haßen — ich liebe ihn vielleicht! (fährt auf) Weg aus meinem Gehirne, schändlicher Gedanke, Ge-

burt

ein Schauspiel

Gutt der Hölle. — Lieben darf ich nicht! —
Aber — bemitleiden will ich ihn. —

Neunter Auftritt.

Emilie. Lorchen.

Emilie. (freudig springend) Ist er da? Ist er da? —

Lorchen. (tritt bestürmend zurück) Ja, eben kam er! —

Emilie. (ungeduldig) Warum eilt er nicht in meine Arme? Wo ist er?

Lorchen. Draußen im Vorzimmer, er wartet auf die Erlaubniß eintreten zu dürfen! —

Emilie. Wer denn?

Lorchen. Herr von Freyberg.

Emilie. (fährt zurück, für sich) Wie mir bey diesem Namen zu Muthe ist! — Eine geheime Stimme räth mir, ihn zu sprechen; Pflicht, Ehre und Treue besielt, bestürmt mich, ihn zu hassen, zu verabscheuen. (hastig) Sag, er soll es nicht mehr wagen, unser Haus zu betreten.

Zehnter Auftritt.

Freyberg. Vorige.

Freyberg. Nur dießmal noch Emilie, nur dießmal noch, und dann nie wieder!

(er winkt Christinen, welche abgeht.)

L   Emi-

Emilie. (verwirrt, nach und nach gefaßter) Ich dächte, Herr von Freyberg, Ihr Besuch von Vormittag sollte Ihnen, wenn Sie ein Mann von Ehre wären, bey der leisesten Erinnerung des Vergangenen, die Schamröthe ins Gesicht jagen, und die Zunge im Munde lähmen. — Was kann also wohl der Zweck dieses neuen Besuchs seyn —

Freyberg. Sie auf den Knien um Verzeihung zu bitten. —

Emilie. (fällt ihm ins Wort) Deswegen hätten Sie sich nicht her bemühen dürfen. Ihr Betragen war das Betragen eines Rasenden — ein solcher kann nicht beleidigen. Also fällt auch die Verzeihung weg. — Stehen Sie auf!

Freyberg. Nicht eher, als bis Sie mir gänzliche Vergebung und Vergeßenheit zugesagt haben.

Emilie. Welche Sie also durchs Knien ertrotzen wollen! — Wohl — auch die Art, wie Sie Verzeihung begehren, will ich sogar vergeßen, mit der einzigen Bedingung, daß Sie von nun an jede Gelegenheit mich zu sehen, oder zu sprechen, vermeiden. Noch morgen soll mein Mann eine Wohnung in einem andern Theile der Stadt mit mir beziehen. —

Freyberg. Alles verlangen — alles thun Sie, nur dieß nicht. Dieß Versprechen zu erfüllen ist mir unmöglich.

(Er steht auf.)

Emilie. So ist auch meine Verzeihung unmöglich. —

Freyberg. Sie müßen in dieser Wohnung bleiben, damit ich wenigstens Sie sehen kann. — Nur dies

dies einzige flehe ich von Ihnen auf den Knien. Vielleicht, daß Zeit und Umstände die tiefe Wunde heilen, die Sie mir schlugen. —

Emilie. So wirds wohl noch beßer seyn, daß mein Mann diese Stadt wieder verläßt, und sich wo anders ansäßig macht.

Freyberg. Und sie?

Emilie. Ich werde als ein treues Weib meinem Manne folgen.

Freyberg. Und mich zur Verzweiflung bringen! Emilie! Um Gotteswillen! Bedenken Sie, was Sie thun! — Treiben Sie mich nicht aufs äußerste, damit nicht Härte und unmenschliches Betragen mich zum Selbstmörder machen, und Reue und Gewissensbiße die Blüthe ihrer Wangen wie ein Wurm die Blumen des Frühlings abfreße. — Ich will mich faßen — gelobe es hier feyerlich — will ein Mann werden, Nur laßen Sie mir Zeit — der Himmel ist nachsichtig, und Sie sind so strenge! — Noch einmal bitte ich — Nachsicht, Emilie, Nachsicht!

Elfter Auftritt.

Metzler. Vorige.

Metzler. Tausendmal um Vergebung, liebes Weibchen! (stutzt, da er Freybergen knien sieht, welcher aufspringt) Was Teufel! (beyseite zu Freyberg) Nun, macht der Herr wieder einen dummen Streich nach dem andern? (laut) Sie werden nicht ungütig

nehmen — ich habe mit dem Herrn einige Amts-
geschäfte abzumachen. —

Emilie. Nicht im geringsten — Ich lasse Sie
mit Ihrem Freunde allein. — Er ist unpäßlich, Ihr
Freund. (bedeutend) Ich wünschte, daß Sie Freun-
des=Pflicht an ihm thun, und ihn von seiner Krankheit heilen möchten! — (zu Freyberg) Gute Nacht
Herr von Freyberg! Ich wünsche Ihnen von Grund der
Seele baldige Beßerung.

(geht ab.)

Metzler. Ein braves Weib, bey meiner Seele!
Und du, was machst denn du hier? Wo ist dein
guter Vorsatz geblieben? —

Freyberg. Ich kam wahrlich in der Absicht hieher, um sie um Verzeihung zu bitten. —

Metzler. Den Gang hättest Du ersparen, und
sie von deiner Gesinnung durch Thatsachen überzeu-
gen können. Doch davon ein andersmal. — Nun
zur Hauptsache, warum ich hieherkam! Wo ist Elsenfeld? —

Freyberg. Ich habe ihn, seit du von mir giengst,
nicht gesehen.

Metzler. Eben kommt des Kerkermeisters Frau
mit Heulen und Schreyen zu mir, bittet, ich sollte
für ihren Mann bey dir ein gutes Wort einlegen —
sagt, die beyden Spitzbuben, die gestern eingebracht
worden, wären beym Teufel — ihr Mann läge
geschloßen im Arrest, wozu sie nicht einmal den
Schlüßel hätte, sondern nur oben durchs Luftloch
sehen könnte — und nota bene — Elsenfeld wäre heute bey den beyden Kerls gewesen.

Frey-

Freyberg. Der Schurke wird ihnen doch nicht durchgeholfen haben? — Es ist mir wahrlich, als ob er heute ein Wort von so etwas hätte schließen lassen. —

Metzler. Wahrscheinlich der erste heilsame Gebrauch der ihm ertheilten Vollmacht. — O Freund! Freund! ein unrechter Schritt ziehet sogleich unzählich mehrere nach sich. — Doch jetzt keine Zeit mit Predigen verlohren. — Patrouillen nach den beyden Kerls und nach Eisenfelden ausgeschickt; es ist ein Schurke, wie der andere. —

Freyberg. Gott! Mir ahndet eine fürchterliche Möglichkeit! Wie wenn Eisenfeld. — Der Gedanke ist gräßlich, aber doch wahrscheinlich. — Laß uns keine Zeit verlieren! — Nein, noch ist mein Herz nicht ganz verdorben — aber höchste Zeit, ists umzukehren — wie Schuppen fällt mirs von den Augen — du sollst sehen, daß ich noch Recht und Gerechtigkeit handhaben kann, und wenn ich mir auch selbst dadurch die Wicke ins Fleisch bohren müßte.

(gehen beyde ab.)

Zwölfter Auftritt.

Wald. Düstre Gegend am Hohlwege. Finstre Nacht.

Zauser. Wild. (Beyde stecken unter dem Gesträuche, so daß Sie nur mit den Köpfen sichtbar sind.)

Zauser. Ha! was das herrlich ist, wenn man so wieder unterm freyen Himmel wirthschaften kann.

166 Es giebt doch noch treue Weiber,

Die Luft in dem Loche, wo wir saßen — taugte der Teufel nicht; sie roch so galgenmäßig. — Was die Tannenbäume so angenehm dagegen dufteten, und die Abendluft so herrlich unterm Wamms kützelt.

Wild. Mir wär's lieber, wenn wir in unserer Herberge säßen; das Gewitter rückt immer näher.

Zauser. Es darf lange regnen, bis es hier durchgehet. Und wenn auch, so wär's wohl nicht das erstemal. (Man sieht blitzen) Der Himmel kühlt sich ab. (Es donnert)

Wild. Erinnerst Du dich noch, wie der Blitz die Eiche auf dem Harz spaltete, unter welcher wir die Beute von den beyden Kaufleuten theilten. —

Zauser. Damals bin ich auch zum erstenmal in meinem Leben erschrocken, und nichts als Gelegenheit hat mir gefehlt, so wär ich ein Einsiedler geworden. —

Wild. Du bringst mich da auf einen närrischen Einfall. Wie wär's denn, wenn wir uns an einen fremden Orte niederließen, und Einsiedler würden?

(Es blitzt und donnert immer stärker.)

Zauser. Der Gedanke gefällt mir. Wir könnten doch dem ungeachtet dabey stehlen. Es maskirt sich ja jetzt die ganze Welt — jeder scheint anders, als er ist — warum sollen denn wir gerade zeigen, was wir wirklich sind. —

Wild. Mit der Methode könnten wir doch zuweilen auch in der Stadt herum patrouilliren, und hören, was die Justiz von uns denkt. —

Zauser. Mein Seel, das ist der erste kluge — brauchbare Gedanke, den du hast. — Sobald wir hier unsere Schuldigkeit gethan haben, werden wir Waldbrüder.

Wild. Der verfluchte Kerl läßt auch verdammt lange auf sich warten! —

Zauser. Vieleicht hat er eine Hundsnase, und wittert die Mahlzeit, die wir ihm hier auftischen wollen. —

(Es blitzt und donnert immer stärker.)

Dreyzehnter Auftritt.

Vorige. Eisenfeld (in einem blauen Kaput, kommt ganz vorne auf dem Theater zu einer Gartenthüre heraus, und horcht eine Weile.)

Meine Fanghunde werden wohl schon auf der Lauer seyn. Beßer hätt ich die Sache nicht einfädeln, und kräftiger ausführen können! — Ha! ich freue mich schon auf den Augenblick des Fluchens und Heulens, das jedes der Betrognen in verschiedener Rücksicht anstellen wird. — Einst schlugst du meine Hand aus, Emilie — er ist da, der Zeitpunkt zur Rache. Ich reiße dir den von der Seite, der mich verdrängte, der dein zweytes Leben ist, und weide mich an deinem Schmerz, sehe, wie du dich krümmst und windest, sterben willst, und nicht sterben kannst. — Freyberg gewinnt nichts bey der Sache als einen ewigen herzfressenden Wurm; sie haßt ihn nur noch mehr, und er martert sich so langsam zu Tode. — (Pause) Es ist so stille hier, als ob die ganze Natur schliefe, und doch wacht

Mord und Rache im Hinterhalte. — Zu nahe will ich mich indeßen nicht hinzumachen.

(er tappt herum gegen den Hohlweg zu. Es blitzt.)

Zauser. (leise). Ha! Hast Du dort nicht beym Scheine des Blitzes einen in einem Ueberrock gehen sehen, der der Beschreibung gleich kommt?

Wild. Ja, aber unser Mann soll ja hier aus dem Hohlwege kommen, und zu Pferde seyn! —

(Der Wind erhebt sich.)

Eisenfeld. Mich deucht, ich hörte etwas — vielleicht sinds meine Schachwalter. Hör ich einen Schuß, so komme ich von Ungefähr aus dem Garten, sehe was paßirt, bedaure das Unglück, schicke Wachen aus, und heule mit, und bin ein kreuzbraver Mann! —

Zauser. Mich deucht, er kommt näher auf uns zu.

Wild. Er ists sicher. — Denn wer sollte sonst bey dieser Witterung, um diese Zeit — Ich thue einen Probschuß. —

(schießt, sobald es blitzt.)

Eisenfeld. Hülfe! Hülfe! Um Gotteswillen, ich bin ermordet. —

Zauser. Du hasts Schwarze getroffen. — Nur still jezt, ob sich auf den Schuß nichts hören läßt.

Eisenfeld. Ach! Hölle — Verdammniß! —

Zauser. Er diskurirt doch noch eine Weile. — Still! Kommt nicht etwas da durch den Hohlweg! — Alle Teufel, ja — wenns nur einer ist, so mag er auch reisen. —

Vierzehnter Auftritt.

Weiler, (im Reiseflieb, mit einer Pistole in der Hand.) Vorige.

Weiler. (entfernt) Wenn ich mich nicht irre, so kam die Stimme von dieser Gegend her. —

Eisenfeld. Ah! Ah! Mörder! (kreischt)

Weiler. (kommt näher zu ihm) Wer bist du Unglücklicher? —

Eisenfeld. Hölle, er ists! O, daß ich ihn nicht mitnehmen kann! —

Zauser. Alle Teufel, das ist der Rechte, den muß ich aufs Korn nehmen. —
(kriecht hervor, und schießt.)

Weiler. (sieht, wo der Schuß herkam, und drückt seine Pistole ab.)

Zauser. (stürzt herunter) Brav getroffen — kannsts beßer — als — ich. (stirbt)

Weiler. Du hast empfangen, was deine Thaten werth sind. Nur der Unglückliche da jammert mich. — Wer bist du?

Eisenfeld. Dein Todfeind!

(Man hört Geräusch, welches näher kömmt.)

Fünfzehnter Auftritt.

Fänger. Soldaten. Vorige.

Fänger. (mit einer Laterne) Nur hieher Leute, nur hieher! Ich glaube, wir sind den Vögeln schon auf der Spur. — (kommt näher) Richtig! Gebt wohl Acht, daß euch keiner entwische! (zwey packen Weilern an) Ihr übrigen sucht weiter! —

Weiler. Ihr irrt euch Freunde! Ich bin so eben auf den ersten Schuß zu Hülfe geeilt. —

Fanger. (leuchtet Eisenfelden ins Gesicht) Ums Himmels willen, es ist Herr Eisenfeld! Wer hat sie verwundet? Etwa der da?

(auf Weilern deutend)

Eisenfeld. Ja — der — ists! —

Fanger. Nun, da haben wirs. — Haltet ihn fest.

Weiler. Unglücklicher, du lügst! — Seht mich an, ob ich einem Straßenräuber ähnlich sehe. —

Fanger. Wenns jedermann an die Stirne geschrieben stünde, so könnte man sich leicht hüten. —

Weiler. Ich bin selbst hier am Arme von einem Schuße gestreift, der von dort oben herab kam. —

(Die Soldaten schleppen den Wild herbey.)

Klauber. Da hab ich noch so einen Zeisig gefunden.

Wild. Und dorten liegt auch noch einer! —

Fanger. Eilt geschwind hin, daß er nicht durchwische.

Wild. O der wird euch nimmer davon gehen.

Klauber. Er ist todt! —

Fanger. Einer geht geschwinde nach dem nächsten Mayerhofe, und holt einen Wagen! Zwey bringen den Herrn Eisenfeld ins Freybergische Gartenhaus. — Und die übrigen packen diese Beyde. —

Wei-

Weiler. Zum Letztenmale bitte — schwöre ich Euch bey dem Allwißenden Gott — ich bin unschuldig! —

Fanger. Gut für Dich! Fort! —

Weiler. (kniet nieder) Nun, so wende ich mich an dein furchtbares — aber gerechtes Gericht, Richter der Welt! Ich bin unschuldig an diesem Blute, das weißt du! — Gegen jenen vertheidigte ich mein Leben. — Auf dich allein bau ich — Du wirst mir meine Ehre wieder geben — mein Leben schützen, und meine jammernde Gattin trösten!
(Steht auf, die Soldaten nehmen ihn und Weilern in die Mitte, und gehen ab.)

Ende des zweyten Aufzugs.

Dritter Aufzug.

Erster Auftritt.

Freyberg allein.
(geht schwermüthig auf und nieder.)

Gott! Gott! Wenn doch diese Nacht überstanden wäre! Es ist mir, als ob die ganze Natur mit meiner Verzweiflung harmonirte. Der Tag war so schön, und die Nacht ist so fürchterlich. Schreckliche Bilder malt mir meine glühende Phäntasie vor. Ich sehe ihn kämpfen den unglücklichen Weiler mit Leben und Tode, höre das dumpfe Röcheln des Sterbenden. — der letzte Fluch schaudert durch mein Ohr, der mit seinem letzten Seufzer gebrochen zum Throne des Weltrichters drang; — seh ihn, den Fürchterlichen mein Verbrechen ins Buch des Schicksals schreiben, seh Verdammniß auf mich herabdonnern —. (fähret auf) O Gott! Gott! Wer rettet mich! Wer verbirgt mich vor mir selbst! —

Zweyter Auftritt.

Metzler. Freyberg.

Metzler. Wie gehts? Noch keine Nachricht?
Freyberg. Ah gut, daß Du kömmst, einziger Theilnehmer meines Jammers, Freund, wie man ihn selten findet — nur einige Augenblicke, und ich wäre meiner Marter unterlegen. — Glaube mir, ich bin recht elend! —
Metzler. Wird sich alles wieder ändern, armer Freund. Die Krankheit hat sich Gottlob bey dir schon gebrochen, und Du hast gesiegt — Hat sich Eisenfeld noch nicht sehen laßen?
Freyberg. Der Niederträchtige! — Bruder — mein Zutrauen gegen diesen Menschen vermehrt jetzt meine Marter: mein natürlicher Stolz ist gebeugt, der Kerl wird sich Freyheiten gegen mich herausnehmen, die ich nun, gebrandmarkt durch mein eigen

Gewissen, so gleichgültig annehmen muß — Ah! es wird mich umbringen!

Metzler. Nun — vielleicht läßt sich das alles noch zum besten wenden. — Im Amte sitzt der Hollunke nun freylich. — Denn ziehst Du dein Wort zurück, so wird er plaudern. — Der ehrliche Mann, der Ihn kennt, wirds nicht glauben — aber die Feinde — die Nelder werden sich ins Fäustchen darüber lachen. — Laß nur mich machen — ich bin bey kaltem Blute, aber doch warm — für die Sache meines Freundes.

Freyberg. Freund in der Noth! Im Elende! — Der dort oben, der jede gute Handlung, im Stillen gethan, sieht und aufschreibt, — wird dir dieß alles an jenem Tage, wo er unsre Thaten abwiegt, nicht unvergolten lassen. — Sieh, das kränkt mich jetzt auch so außerordentlich, daß mein Gefühl gegen meinen Metzler so trocken ist — mein Herz ist wie ein Boden, den lange kein wohlthätiger Regen befeuchtet hat. — Aber wenn einst deine Augen brechen, so schaffe Dir das Bewußtseyn des heutigen Tages ein sanftes und ruhiges Hinscheiden. —

Metzler. Genug Freund — was ich thue, ist erste Menschenpflicht.

Dritter Auftritt.

Lorchen. Vorige.

Lorchen. Um Gotteswillen, Herr von Freyberg, kommen Sie doch meiner Frau zu Hülfe. — Ich weiß

weiß mir vor Angst weder zu rathen, noch zu helfen. — Sie verzweifelt, weil es schon spät ist, und Herr Weiler noch nicht zurückkommen ist. Sie spricht von Ahndungen, daß ihm ein Unglück müße begegnet seyn, und läuft wie wahnsinnig von einem Zimmer in das andere —

Metzler. Gehen Sie nur indeßen voran, mein Kind. Wir werden gleich nachkommen. (Lorchen geht ab.) Willst Du mit hinüber Karl? — Bist Du stark genug, bich bey ihrem Anblicke zu faßen — sonst möcht es beßer seyn, Du bleibst zu Hause, wenn etwa durch diesen Besuch wieder dein Uebel ärger werden sollte.

Freyberg. Ich will mich anziehen und nachkommen. Mein Herz ist etwas ruhiger, seitdem Du wieder bey mir bist. —

Metzler. Es wird schon wieder werden. Nur Herz gefaßt — Philosophie zu Hülfe genommen. Komm bald nach!

(gehen zu verschiedenen Seiten ab.)

Vierter Auftritt.

Zimmer in Weilers Hause.

Emilie allein.

Es ist, als ob mich die ganze Menschheit verlaßen hätte — weil niemand Vergnügen dabey findet, um unglückliche trostbedürftige zu seyn — O Weiler! Weiler! — daß du kämest — wie wohl wäre mir dann auf einmal!! — Wie gerne wollt ich diese Angst um dich ausgestanden haben, wenn nur bald kämest. — Gott, wie lange, wie schrecklich wird mir nicht diese Nacht seyn!

Fünfter Auftritt.

Metzler. Emilie.

Metzler. Vergebung — liebes Weibchen — wegen der so späten Nachtvisite — weil ich noch Licht im Zimmer sah, fragst du einmal an, ob Welser noch nicht zurückgekommen ist — Sie werdens nicht übel nehmen —

Emilie. Es ist mir im Gegentheil lieb, da jemand hier um mich ist, der an meinem Kummer Theil nimmt. Er ist leider noch nicht da, und die Angst, die ich dabey füle —

Metzler. Ist wahrlich ganz unnöthig. Das Gewitter wird ihn zurückgehalten haben, daß er wohl heute gar nicht kommen wird.

Sechster Auftritt.

Vorige, hernach Freyberg.

Emilie. Ach! Ich höre Mannstritte! — Er ists! Er ists!

Metzler. Ich denke, es wirds wohl unser Freund seyn; — er stand am Fenster, und seufzte — ich sag=

176 Es giebt doch noch treue Weiber,

sagte ich, daß ich hier heraufgehen würde, und war so keck, ihn zu bitten, daß er nachkommen möchte — Sie werden doch nichts dagegen haben.

Emilie. Als meines Mannes Freund wird er mir stets willkommen seyn.

Freyberg. Ich bitte (vorlegend) nicht ungütig zu nehmen.

Emilie. Nehmen Sie Platz!

Freyberg. (setzt sich) Der Abend wurde nach dem Gewitter so schön —

Metzler. Ja liebes Weibchen — so ists im Lauf der Dinge — Auf Regen folgt Sonnenschein — Bey Ihnen wirds auch so kommen — Was wird das Gesichtchen nicht heiter werden, wenn seine Sonne wieder da ist. —

Emilie. (mit einem tiefen Seufzer) Ja wohl —

Metzler. Bey einem Kaufmann treffen sich Reisen gar oft. Freilich muß es für ein so liebes junges Weibchen hart seyn, wenn es so im Traume nach seinem Herzeinzigen seufzt, drüber erwacht, und sich allein sieht; aber dann — wenn er gesund, reich — und schön wieder zurückkommt — welche Wonne — Schon bey dem Gedanken wird mir das Maul wäßerig.

Emilie. (lächelnd) Sie sind ein guter Gesellschafter Herr Licentiat — immer bey munterer Laune — ich glaube nicht, daß sie je etwas beugen könnte —

Metzler. Glauben Sie das ja nicht, lieber Weiler, die schönsten Aepfel sind oft wurmstichig — es rappelt mir auch oft im Gehirne — kommt mir

aber

aber etwas bittres in den Mund — gleich hinunter damit, ein Stück Zucker drauf genommen, und weg ists —

Emilie. Glücklich, wer so sehr Philosoph seyn kann!

Freyberg. (tief seufzend) Ja wohl! —

Metzler. Philosoph bin ich nicht — hab zu wenig Kopf dazu. — Ich denke so — es wird einem ohnedies sauer genug gemacht — das bischen Leben und Freyheit, warum soll ich mich auch noch martern? — Und dann, weißt du Freyberg, was unser Lieblingsdichter sagt:

Uns zu freuen, einer mit dem andern
Rief uns Gott in all die Herrlichkeit —
Unser Glück, wenn dermaleins wir wandern,
Sey der Trost: wir haben uns gefreut —

Siebenter Auftritt.

Lorchen, Vorige, hernach Maier.

Lorchen. Sie sind da, Madam, sie sind da —

Emilie. (freudig) Wer den? wer den?

Lorchen. Maier — Ich hab ihn gesehen, er wird gleich hier seyn.

Maier. Ach Frau Tante, hier bin ich —

Emilie. (ahndend) Und mein Weiler? — Wo ist er? —

Maier. Madame — ich weiß nicht — (beyseite) Gott, wie soll ich ihrs sagen! —

Emilie. (ängstlich) Nur heraus! es sey auch das schrecklichste, ich will — ich muß es wissen — Wo ist er? —

Maier. Er ist todt!

Emilie. Gott! Erbarme dich!

(stürzt zusammen)

Metzler. Um Gotteswillen, Lorchen, laufen sie nach Hülfe, man muß ihr eine Ader schlagen — Helfen Sie mir Maier!

(Lorchen ab)

Maier. (bringt sie auf einen Stuhl) Unglückliche Frau! —

Metzler. Aber sagen Sie mir nur, wie giengs zu?

Maier. So ganz genau weiß ichs selbst nicht — Ungefehr eine Stunde von der Stadt riß der Bauchriemen an dem Pferde meines Vetters entzwey — er stieg ab, sagte mir, ich sollte das Pferd führen, und gieng eine Strecke voran. Es war zimlich dunkel, und blitzte sehr stark — Ich ritt ganz langsam, weil wir die Pferde stark angegriffen hatten — Vetter war eine zimliche Strecke vorangegangen; als ich auf einmal 3 Schüße hintereinander hörte — Ich ritt schärfer ob gleich mich das ine Pferd etwas aufhielt — Ganz nahe an der Stadt traf ich einen Wagen, der sehr langsam fuhr, ind mit Entsetzen hörte ich von den Leuten, daß so ben am Holwege ein Mann in einem blauen Überocke von Straßenräubern angegriffen und ermordet väre — daß aber eben diese Mörder bereits eingebracht worden wären —

Metz=

Metzler. Verheelen Sie dem unglücklichen Weibe die weitere Nachricht von seinem Tode so gut sie immer können! — Wir wollen sehen, daß wir sie ins Kabinet aufs Bett bringen, und dann Freyberg gehen wir gleich, um von der Sache nähere Nachricht einzuziehen —

(Metzler bringt sie mit Maler ins Kabinet.)

Freyberg. (sich vor die Stirne schlagend) Und an all diesem namenlosen Jammer bist du schuld Elender! — O daß mich Gottesdonner nicht in dem ersten Nu meiner verdammlichen Liebe zerschmetterte. Nun sind Eisenfelds teuflische Plane klar, wie der Tag am Himmel! — Aber wer gab ihm Gelegenheit — wer die Vollmacht hiezu? — Ich habe den Unschuldigen durch seine Hand gemordet. Ueber mich wird das unschuldige Blut um Rache schreyen, über mich — über mich werden die Flüche und Verwünschungen der trostlosen Gattin kommen! Ueber mich! Ueber mich!

Metzler (kömmt.)

Freyberg. Und ich muß mit Flüchen und Thränen beladen — zu Boden gedrückt verzweifeln — und sterben! —

Metzler. Komm mit mir, armer Freund, oft ist Hülfe am nächsten, wenn die Gefahr am größten ist —

Freyberg. Für mich ist keine Hülfe, als in Tod und Verzweiflung.

(gehen beyde ab.)

180 Es giebt doch noch treue Weiber,
Achter Auftritt.
(Gefängnis.)

Weiler allein, sitzt geschloßen an einem Tisch, mit einem Verband um den Arm, hat vor sich eine Schaale mit Brühe, Löffel, und eine Flasche Wein, hernach Rose.

Weiler. Dank dir gütiges Wesen — es hat mich in etwas gestärkt — Wie der Wein, mäßig genoßen, doch nie seines Zwecks verfehlt —

Rose. Ich will das Zeug wiederholen — Er hat ja beynahe nichts getrunken — Den Wein will ich stehen laßen. — Ist ihm jetzt beßer?

Weiler. Gottlob! Ich denke, es soll alles noch gut werden — Wenn werden wir den wohl verhört?

Rose. Ja du lieber Himmel — — das kann ein Vierteljahr dauren — Unsere Obrigkeit scheut die Unkosten; zwar, seit der neue Herr Stadtpfleger hier ist, gehts um vieles beßer — wenn der hinter unsere Herren kommt, kriegts gleich ein ander Aussehen — der traktirt alles nach der neuen Mode, und da gehts geschwinder. Zwar kein Todesurtheil ist, seit er im Amte ist, noch nicht vorgekommen, aber ich denke, er wird es eben hiemit auch so machen.

Weiler. Wenn ich nur meine arme Frau sprechen könnte — Die wird verzweifeln, wenn Sie mein Unglück hört —

Rose. Aber sag er mir — warum hat er sich den vom Bösen blenden laßen — und ist so mir nichts dir nichts unter die Spitzbuben gegangen?

Wei-

Weiler. Ich habe ihr ja schon gesagt, daß ich von Ungefehr dazu kam —

Rose. Gott gebs, daß es wahr ist — Es wäre schade, wenn so ein hübscher junger Mensch so früh gehenkt würde.

Neunter Auftritt.

Fanger, Vorige.

Fanger. Frau Rose, sie soll gleich hinauf. Der Herr Stadtpfleger, und der Herr Licenziat Metzler, sind in der Gerichtsstube, und fragen nach ihrem Mann.

Rose. Sieht er böse aus?

Fanger. Seine Augen funkeln wie feurige Kohlen. Er sagte: der liederliche Kerkermeister wäre dran schuld, daß der Mann das Leben verlohren habe. — Sie wirds kriegen.

Rose. Je du mein Gott! Ich bin ja unschuldig. Der Himmel steh mir bey; das wird eine saubre Historie werden.

(geht ab.)

Zehnter Auftritt.

Fanger, Weiler.

Weiler. Dürft ich ihn wohl um eine Gefälligkeit bitten, guter Freund?

Fänger. Der Teufel ist Euer guter Freund — Ich raths Euch, braucht Respekt gegen eine obrigkeitliche Person, sonst —

Weiler. Das schmerzt — (laut) Nun ich bitt ihn um Vergebung. Wollt er wohl die Gütigkeit haben, und in meinem Namen den Herrn Stadtpfleger Freyberg bitten, hieher zu kommen; er ist mein Freund.

Fänger. Potz Spitzbuben und kein Ende! — Wie unverschämt, der gnädige Herr Stadtpfleger und ein Straßenräuber. — Ich rath Euch — haltets Maul, oder es geht schief — Euer guter Freund sitzt hier Nro. 15 und mit dem werdet ihr unter freyem Himmel in einem Vierteljahr wills Gott noch einen guten Freund (den Henker andeutend) kennen lernen, und dann hats Lied ein Ende. — Verstanden? (Man hört stark an die Thüre pochen) Ha ha! wird Frau Rose seyn!

(Er macht auf.)

Elfter Auftritt.

Emilie, Vorige, hernach Rose.

Emilie. Wo ist — Gott du lebst!
(stürzt sinnlos auf Weilern)

Weiler. Erhole dich! Emilie! Um Gotteswillen Frau, komm sie ihr zu Hülfe — sie ist ganz dahin.

Rose. (geschäftig) Hier, arme Frau, hier hat sie etwas zu riechen — ja du mein Gott, ich kann mir den Jammer leicht vorstellen — wenn eine

ein Schauspiel.

Frau, ein Unglück trift — man hat ja auch Fleisch und Blut — ist auch einmal jung gewesen — Fanger, er soll hinauf zu Seiner Gnaden kommen, sie wollen heute noch den andern Kerl examiniren —

Fanger. Machen einem die Spitzbuben nicht Arbeit, bis man sie an Galgen bringt. —

(Er geht ab.)

Rose. Sie erholt sich! — Ah das ist gar ein liebes — schönes Kind — Sey sie nur getrost, vielleicht kommt er diesmahl noch mit einem blauen Auge davon — Er thuts dann nicht wieder, gelt?

Emilie. (sich erholend) Wo bin ich?

Weiler. In den Armen deines treuen — unglücklichen, aber unschuldigen Mannes! (küßt sie)

Emilie. O wie dieser Kuß durch alle meine Adern fliegt und brennt — wie er mich stark macht! Ja du bist unschuldig, sonst könntest du Weiler nicht seyn — Aber deswegen zittre ich noch mehr für dein Leben —

Weiler. Unnöthige Angst! — Freyberg ist unser beyderseitiger Freund — er wird die Sache schleunigst untersuchen, mich unschuldig finden, und Weilern seiner Emilie wieder schenken —

Emilie. (bedenklich) Ich wünsche Weiler, daß er mehr Dein Freund, als der meinige seyn möge — Aber ich bin beynahe überzeugt, daß dies eine Grube war, in welche du stürzen, und umkommen solltest — (nachdrücklich) Ich fürchte, daß die Kugel, die durch der Allmacht Finger dem Bösewicht zum Lohne seiner Thaten das Gehirn zerschmetterte, auf dich gemünzt war —

M 4   Wei=

Weiler. Pfuy! Schäme dich von einem Menschen so entehrend zu denken.

Emilie. Argloser — allzuredlicher Mann! — Wenn ich dir aber sage, daß in deiner Abwesenheit Freyberg durch Elsenfelden seine Liebe zutragen ließ — wenn ich dir sage, daß er selbst zu mir kam, wie dann? —

Weiler. Entsetzlich! (auffer sich) O dann zerschmettre der Donner Gottes den meuchelmörderischen — glattzüngichten Buben, oder ich zermalme ihn zu Staub! (sich erholend) Doch nein — nein, so eine teuflische Seele kann unmöglich in einer so schönen Hülle stecken —

Emilie. Sein Betragen gegen dich wird gleich entscheiden, weß Geistes Kind er ist. — Mein Herz sagt mirs, du bist unschuldig! — Wenn er dich aber doch durch verdrehte Gesetze — durch erlogene Verbrechen morden will, so will ich bey dem Blutgerüste stehen, und wenn der letzte Seufzer meines Mannes Rache stöhnend himmelansteigt zum furchtbaren Rächer, so will ich unter dem neugierigen gaffenden Volke mit donnernder Stimme rufen: Seht das Opfer für die Treue seines Weibs — Und nun hin — zu ihm — jede meiner Adern glüht, mein Blut kocht — so bin ich recht gestimmt, das Herz eines Meuchelmörders zu erschüttern.

(geht nach der Thüre, prallt wieder zurück.)

Zwölf=

Zwölfter Auftritt.
Freyberg. Metzler. Vorige.

Freyberg. Freund! er ists wirklich! Er lebt! Gott! auf den Knien dir meinen Dank dafür! (Umarmungen) Beschreiben kann ich dir mein Gefühl nicht — Fühle hieher — fühle wie mein Herz schlägt. — Reue, Freundschaft, Dankbarkeit stürmen durcheinander — wie kann ich dir deine Bruderliebe vergelten? —

Metzler. (umarmt ihn) Durch Beharren im guten Vorsatze, durch thätig seyn im Guten — So glücklich bist du schon in dem Augenblick, da du gerecht handelst, nun stelle dir erst vor — was das für ein himmlisches Gefühl seyn muß, wenn man wohl thut — doch jetzt — vergiß nicht auf die Papiere —

Freyberg. Der Gerichtsdiener händigte mir Papiere ein, deren Inhalt für mich sehr wichtig ist —

Metzler. (nimmt von der Kerkermeisterin die Schlüssel, und löst Weilern die Ketten ab.)

Freyberg. (beschämt) Vergebung Freund, daß ich dieß nicht selbst that — (reicht ihm die Papiere) Sind diese wirklich bey Ihnen gefunden worden?

Weiler. Ja, sie enthalten die Absichten meiner Reise —

Freyberg. (ahndend) Von wem haben sie dieselbe erhalten? —

Weiler. Von meiner Frau, die sie von ihrem seeligen Vater erbte? —

Freyberg. Wie hieß Ihr Vater? (voll Begierde)

Emilie. Franz von Altheim.

Freyberg. (stürzt ihr zu Füssen) Gütiger Gott! Meine Schwester!

Emilie. (voll freudigem Staunen) Unmöglich! Herr von Freyberg! Sie sind —

Freyberg. Ja ich bins — bins — bin dein verlohrner und nun wiedergefundener Bruder Karl von Altheim. (springt auf, fällt ihr um den Hals, bemerkt dabey das Bild an ihrem Halse) Ja sie ists — es ist das Bild meiner seeligen Mutter — Du bist meine Schwester — ich dein Bruder — Du mein Schwager! (umarmt Weilern) Du mein Freund! (umarmt Metzlern.)

Emilie. Aber dein Name —

Freyberg. Ist der Name meines Wohlthäters, meines zweyten Vaters, der mich aus den Händen der Feinde rettete, dem ich auf seinem Sterbbette gelobte, seinen Namen zu tragen.

Emilie. Komm noch einmal an meinen schwesterlichen Busen, daß ich dir ewige Liebe schwöre — Nun erst ist mir das Gefühl begreiflich, daß ich stets zu bekämpfen suchte, so oft ich dich sah, das ich für schändlich hielt, weil ich dich nicht als meinen Bruder kannte. — Nun aber sagts mein klopfendes freudiges Herz, daß Du es bist. Gott! Wie schön — wie unaussprechlich groß ist der Lohn, den Du mir für so wenige Leiden gewährst. —

Freyberg. Die ich Dir verursacht habe. — Hasse mich nur deswegen nicht. — Deine Liebe will ich zu verdienen suchen. — Will ein ganz andrer Mann werden, um dir ähnlich zu seyn.

Emilie. So gefällst Du mir schon ganz, lieber Karl! — Wie glücklich wollen wir —

Metzler. Vergessen Sie mich nicht; ich will an der Seite meines Freundes die Gruppe voll machen.

Dreyzehnter Auftritt.

Fanger. Vorige. Stucker.

Fanger. Euer Gnaden Herr Stadtpfleger — der andre Arrestant ist schon oben in der Gerichtsstube, sollen wir den auch mit hinaufbringen? —

Freyberg. Holt ihn hieher! Ihr Stucker kommt auch wieder mit.

Stucker. Auweh! Nun wird wohl das Trinkgeld folgen!

(mit Fangern ab.)

Vierzehnter Auftritt.

Vorige.

Freyberg. (zu Metzlern) Ich will nur hören, ob wirklich die ganze schwarze That von Eisenfelden angestellt ist, wie ich ahnde. Aha, sie kommen —

Letzter Auftritt.

Wild. Fanger. Stucker. Wache. Vorige.

Fanger. Was seh ich? — Der dort ohne Ketten! Ich bitte unterthänigst, trauen Euer Gnaden dem

dem Kerl dort nicht — er hat den Herrn Sekretär umgebracht — den armen braven Herrn —

Wild. Erlogen ists! —

Fanger. Der seelige Herr Sekretär habens beym Sterben noch gesagt. —

Wild. Halts Maul! — Er hat gelogen, um den Weg zum Teufel nicht zu verfehlen. (schlägt sich vor die Brust) Ich hab ihn abgethan, und so schön vor die Stirne, als ob ichs abgezirkelt hätte. — (zu Weilern) Herr! — alle meine Spitzbübereyen können Sie mir abnehmen — stehen alle zu Diensten — wenn Sie Lust dazu haben — es ist eine hübsche Quantität; aber den Streich laß ich mir nicht abdisputiren; es ist ein verdienstlich und rares Stück Arbeit. Rar — weil selten ein Wolf den andern frißt, und verdienstlich, weil der Kerl ein Meuchelmörder, und also gefährlicher als unser einer war. — Der Schuß war für sie (auf Weilern zeigend) bestellt, und wurde mit fünfzig Gulden bezahlt. (wirft das Geld hin) Da ists!

Freyberg. Erkläre dich deutlicher!

Wild. Er kam zu uns in Arrest — ließ uns entwischen, und dingte uns dem Mann da aufzupassen. —

Freyberg. Unerhörter Meuchelmord! Genug! (zu Fanger) Bringe ihn wieder an seinen Ort, und verpflege ihn gut. (zu Wild) O könnt ich dich retten, Unglücklicher!

Wild. Merks wohl, daß man nun bald den Sack zuknüpfen wird. Seys! — (im Abgehen zu Studer) Du Dicker, wenn Du Zeit hast, so komm

zu

zu mir auf eine Bouteille Wein, und ein halb Dutzend Knöpfe.

(geht mit Wache ab.)

Freyberg. (zu Fangern) Mit Euch werde ich
eures übertriebenen Dienſteifers wegen morgen ſprechen. (zu Stucker) Euch ſoll meines Sekretärs wegen verziehen ſeyn.

(Fanger geht ab.)

Stucker. (küßt das Kleid.) Bedanke mich un-
terthänigſt! (beyſeite) Dasmal mit Spitzbuben geſoffen, und in meinem Leben nicht wieder.

(Stucker ab.)

Freyberg. Freund! Dir dank ich die Rettung
meiner Seele. Mit Entſetzen ſchaudre ich vor dem
Abgrunde zurück, von dem mich deine wohlthätige
Freundeshand zurück rieß. Ach, um wie viel biſt
du größer als ich.

Metzler. Was kannſt Du dafür, daß Du nicht
größer gewachſen biſt. — Laß jetzt alle traurige Gedanken fahren. Morgen giebſt Du uns ein Feſt —
eine Geſellſchaft von ausgeſuchten guten Freunden
und Freundinnen. Die Freunde ſuch ich zuſammen.
— werde freylich die Laterne des Diogenes zu Hülfe nehmen müſſen. —

Emilie. Und die Freundinnen will ich wählen.
Vielleicht findet ſich einmal eine drunter, die das
Herz meines lieben Bruders mit der Zeit ganz füllen
kann. Ich habe ſchon ſo meine Gedanken.

Freyberg. Du und meine Freunde ſollen mir
Alles ſeyn! —

Met-

Metzler. Bis sich etwas für dich findet, — Nur Muth gefaßt, Freund! Den Kopf in die Höhe! — Der Tag war trübe — aber der Abend ist desto schöner. —

Freyberg. Glücklich der, der so einen Freund, und so ein Weib hat. — Siehst du Metzler, hier den Beweiß, daß es noch treue Weiber giebt.

Metzler. Ich sehe ihn — und bitte wegen meiner Zweifelsucht in Ihnen Ihr ganzes Geschlecht um Vergebung.

Ende des Schauspiels.